Bunsen Burner with Rylee
Presents

斯堪地聯邦冒險手記

The Tales of Skandia Federal

II

祝祭之夜

—斯堪地聯邦冒險手記—

The Tales of Skandia Federal
volume two

contents

「心有所願，便能得償所望。」

——摩羅斯科

斯堪地大陸，祭師、三神器製造者

斯堪地聯邦冒險手記

CHAPTER ELEVEN

第
11
章

The Tales of Skandia Federal

皮拉歐第一次有餘裕思考與哈德蘭之間的關係，是狩獵者的一句問話。

「我能跟你回去大海看看嗎？」

哈德蘭凝視著他，眼裡有他不能辨明的認真。

他們都知道人類無法抵抗巨大的水壓，也無法在海裡長時間自由呼吸，人類唯一能在海底活動的方法，就是轉化為漁人。

而轉化只有一種方式。

整個北之海域從來沒有這樣的前例，所以他第一時間沒有反應過來。

哈德蘭並不知道以漁人的立場而言，那句問話相當於向他求歡，讓司琴者協助人類轉化。

在他們的國度，只有結為伴侶才能交配，而司琴者終身只能選擇一個伴侶，至死不渝。

他對北之海域中的其他漁人沒感覺，唯獨對哈德蘭有強烈的情緒反應，情感的衝動來得比他所能理解的還要快速，所有朦朧的臆想早已化成濃烈渴望，渴望到願意時時保護哈德蘭在意的任何人，渴望到不惜脫落魚鱗，也要製造讓哈德蘭舔吻傷口的機會。

他恍然想起他們的第一個吻，那發生在夜間最隱晦的時刻，所有感官瞬間被洶湧的情潮覆蓋，他們指掌緊貼，熱燙的喘息交錯噴薄，喜悅沸騰他身體裡的水分，浮出的氣泡在大腦裡慵懶地破裂消散。

他們是兩條琴弦，應當被同時撥動，不能單獨成音。

答案悄然到來，來得如此明確而有力。

「哈德蘭，當我的伴侶，跟我交配吧！」

他信誓旦旦地宣告。哈德蘭卻笑著閃避他的求愛，「別鬧。」

他並不意外，事實上，愈難纏勇猛的對象愈值得他費心。

「當我的伴侶吧，我會替你烤食物，還會幫你照顧駱駝，世界上所有你想要的東西，我都會送給你。」他許出畢生決不會違背的諾言，「我會把我的匕首『緘默』送給你。」

今晚的月光比昨日更亮，距離月亮不遠處能看見永恆閃爍的沙異星，哈德蘭坐在帳篷前，漫不經心地撥弄著火堆。

「哈德蘭那個不能吃。」盧考夫的低語伴隨著巨大的鼾聲迴盪在帳篷內，哈德蘭忍俊不禁地回頭，盧考夫翻過身咕噥道：「不能吃……」

他笑嘆著回頭，卻對上隱隱發光的藍眼睛，他凝神細看，皮拉歐化成巨大的陰影，坐在帳篷門簾側邊沉靜地看向他。

皮拉歐的樣子和白日張揚著熱烈情緒的漁人很不一樣，神態平靜宛如蟄伏在暗處蓄勢待發的野獸，一眼就讓人感到不容忽視的侵略性。

他對如何與野生動物相處的直覺尤其準確，更不可能忽略這一路上皮拉歐逐漸明朗的占有欲，心智純真的漁人雖不能辨別過於複雜的情感，但對情感的表達卻更加直接，藍眼睛閃爍著熱烈率真的喜愛，令他心口發熱，說不出拒絕。

夜晚的沙漠，萬物沉眠，那讓人變得更坦率。

似乎要在這種時刻，他才允許自己承認皮拉歐對他而言確實特別。

與皮拉歐待在一起，胸腹那道傷疤不會突然發癢，他不會聽見父親在耳邊痛苦地喘息，不會嗅到鼻尖的血腥味，向來緊繃的心弦有了片刻的放鬆。

而在某些時刻，比如今晚，那雙帶著異光的藍眸會在靜寂之中溢滿喧囂，彷彿滔滔海浪在奇岩上碎裂，迸發出澎湃洶湧的熾熱情感，帶著專注且唯一的魄力，宛如海嘯般鋪天蓋地席捲而來，將他層層淹沒。

那是一雙誰也拒絕不了的眼睛，誰也拒絕不了的感情。

他在手足無措之餘，清楚地意識到自己被這濃烈的情感吸引，如同被海妖的歌聲蠱惑般向皮拉歐靠近。

「哈德蘭，換我來守夜吧。」漁人無聲無息來到他身側，眼裡似有藍光流彩，「你放心把這裡都交給我。」

他瞬間收回所有發散的思緒，打從心底微笑，「好。」

那是一座巨大的沙堡。

哈德蘭確信昨晚踏進帳篷之前沒看過這東西。

「那是什麼鬼？」盧考夫怪叫一聲，走到沙堡旁嗅了嗅，「有漁人小子的味道。」

「皮拉歐！」哈德蘭喊道，滿意地看見漁人在傾刻間現身，他指著那座沙堡，「解釋一下。」

「我還沒準備好邀請你，再給我幾分鐘。」

皮拉歐咕噥著在沙堡前畫起某種特殊符號，片刻後隆重宣布。

「哈德蘭，我正式邀請你踏入我精心準備的城堡，我將向你展示我築巢的能力，你永遠不必擔心居無定所，我發誓無論你到哪裡，都會住在我所能找到最好的棲息處。我會向你展示我的體能，證明不會讓你挨餓受凍，無論何時何地，我所有的一切都與你共享，我有的你都會有，我沒有的也會盡力讓你擁有。」

他的誓詞來得突然，眾人靜默無聲，紛紛看向哈德蘭。

傳聞中，伊爾達特號稱死亡沙漠，世人以為那必然是一片死寂，事實上不是那樣。

自從踏入伊爾達特，哈德蘭一直能聽見生物在暗處活動的聲音，也許是蟲鳴，也許是枝葉被風拂過的細響，也許是黃沙飄揚落地的沙沙聲，甚至是沙漠的呼吸，或暗流的湧動，任何風吹草動都能幫助他在瞬間判斷是否有生命安危。

但此刻，他聽不見任何聲音，只能聽見那應該出現在正式場合的誓言。

在他眼前，皮拉歐雙手併攏向上伸展，頸側的鰓外翻，強健的雙腳岔開，他將身體向後半凹成不可思議的弧度，彈跳起身，在沙堡前的特殊符號正中央跳起一段舞蹈。

那支舞展示許多人類無法做出的連續動作，他張開雙臂宛如展翅翱翔，後空翻了幾個跟斗，接著用雙手從自己的胸膛往下撫，身體反覆凹折出漂亮的圓弧，他的衣物下方露出一截勁瘦的腰腹，一滴水珠從那截腰腹往下流淌，反射燦金的陽光。他頸側的鰓發紅，半透明的紅鰓襯著魚鱗下方略顯白皙的膚色，分外火辣。

哈德蘭感覺喉嚨發乾緊縮，炙熱的欲望比預想中來得更快，他低估自己對強勁生命力的偏愛，而熱舞的漁人在某些時刻所能引起的欲望簡直超乎他的想像。

半晌，他聽見自己暗啞的聲音，「這是？」

「理斯家族最正統的求偶舞。」皮拉歐甩掉汗液，咧嘴笑出一口尖銳的白牙，「宣示我所有的一切都與你共享。」

哈德蘭深吸一口氣，忽然怯於去看盧考夫和艾蕾卡的神色，「你實在不應該現在說這些。」

「我向你提出締結伴侶的要求，就得按規矩展示我的一切來爭取你的同意。」皮拉歐一反對情感懵懂的態度，「這是家規。」

「這裡不是大海，不用那一套。」哈德蘭走向前，終究沒能狠下心一腳毀壞那座以沙雕的標準而言極其精美的沙堡，他率先轉身，「我們該出發了。」

在他身後，盧考夫咕噥道：「以海中生物來說，他也太會玩沙了吧。能堆出那麼精緻的城堡，這種手藝都可以在賽提斯做生意了。」

「什麼生意需要沙雕的手藝？」艾蕾卡隨口問。

「呃……」盧考夫停滯了一瞬，「雕塑品？我覺得如果能做出特殊形狀的麵包也不錯。」

艾蕾卡回想起皮拉歐每次都烤出焦黑的食物，表情有些一言難盡，「……大概只有哈德蘭會吃那種麵包吧。」

熱浪讓皮拉歐不得不張開頸側的鰓加速散熱，他不安地動了一下，哈德蘭穩住韁繩回頭低斥：「別亂動。」

「很熱。」皮拉歐失去探險隊公會會服的遮蔽，比外頭更加炙熱的陽光和乾燥的氣候讓他熱得渾身不對勁，他將雪晶掛在胸腹前，憑著本能舒展軀體。動作一大，哈德蘭便得安撫受驚的駱駝，兩人一路上騎得搖搖晃晃，拖慢行進的速度。

哈德蘭向來能忍受這樣的氣候，前提是身後沒有一個強壯的漁人貼著他的背摩擦，他被磨得渾身發熱，滿是火氣，「再動你就自己騎。」

「哈德蘭，真的很熱。」皮拉歐略感委屈，這種氣候本就不利於他的天性，「想想辦法。」

「怎麼了？」艾蕾卡騎到兩人身側，「你們的速度有點慢。」

「他的會服破了，伊爾達特對他來說太熱。」哈德蘭解釋道，回頭安撫皮拉歐，「你別亂動，我們快點出去。」

「如果只是需要會服遮陽，我有一套備用。」艾蕾卡從背包拿出一件淺棕色的會服比對皮拉歐的身材，「雖然穿不下，但皮拉歐可以把會服撕開當披風披著，應該會好一點。」

「不用。」哈德蘭倏地反手脫下身上的會服，直接套在漁人的頸項上，「你先穿我的。」

「那你呢？」皮拉歐拉下會服，雙手穿過衣袖，冷涼的材質舒緩乾渴的魚鱗與皮膚。

哈德蘭僅穿著無袖的低胸黑色襯衣，露出橫跨胸腹的一截傷疤，沒好氣地道：「我沒有那麼怕熱。」

他用眼角瞧見艾蕾卡若有所感的神情，猛然察覺他不該放縱脾氣，不明所以的心虛悄然湧上，他輕咳一聲，「我們要加快速度。」

「謹遵指令，老大。」艾蕾卡俏皮地敬了舉手禮，回到她的位置。

哈德蘭加速後，再也沒聽見身後漁人的抱怨或扭動，他微微側首，恰巧與皮拉歐四目相對。

漁人抿著嘴，臉色僵硬，哈德蘭回想起皮拉歐曾在騎乘快馬時乾嘔，他往後眺望，艾蕾卡與盧考夫落後他們數個駱駝身長，他慢下駱駝的速度，「你感覺還好吧？」

「不好。」皮拉歐撇過頭，從鰓噴出一大口氣，溼熱的氣息拂過哈德蘭的頸側，反令他喉頭湧起一股乾渴的癢意。

哈德蘭能輕易猜出皮拉歐不滿的原因，無非是方才自己嘲諷他怕熱。嘲諷漁人的體質確實很不厚道，他平常不會那樣說話。他以為一句輕飄飄的嘲諷會隨著趕路消散在空氣中，但皮拉歐顯然還在氣頭上。

「我們如果早一點踏出沙漠，你就不會受到太久的折磨。」哈德蘭低聲勸哄，「別鬧脾氣。」

皮拉歐側著頭，以眼角瞧他，沒打算理會他的勸慰。

那股倔強的模樣不知怎麼的竟透出一絲委屈，哈德蘭很少有為了一句嘲諷道歉的機會，那對他的同伴而言是小題大作。但皮拉歐昨日神態真摯地向他求愛，耗費一個晚上獻給他一座精美的沙堡，而他卻開口嘲諷一個生物的天性，實在過於無禮。

無論從哪個面向而言，他都應該給予皮拉歐更多的尊重。

哈德蘭嘆了口氣，「我的個性就是這樣，冒犯你的話，我道歉。」

皮拉歐微愣，「冒犯什麼？」

哈德蘭遲疑地問：「你不是生氣我笑你怕熱？」

皮拉歐皺起眉，「為什麼你不讓艾蕾卡給我會服？你很在意她的衣服？」

「什麼？當然不是。她的衣服尺寸太小了。」

「撕開來當披風也有一樣的作用。」

「如果你能穿我的會服，何必要穿她的？」哈德蘭皺眉反問。

「但你只有一件。」

「我有『一件』。」哈德蘭強調。

「那你穿什麼？穿她的？」皮拉歐防備地問。

「我說過，她的衣服尺寸太小了。」哈德蘭忽然察覺皮拉歐的情緒從何而來，發現的同時，不免伴隨著難以言喻的滋味。

「所以你——」

「皮拉歐。」哈德蘭打斷他，艾蕾卡與盧考夫即將追上他們。

「我不想讓你穿她的衣服。若是要穿，你只能穿我的。」哈德蘭遲疑兩秒，伸手撫摸漁人的後頸，指腹蹭過那片薄薄的鰓，「別鬧脾氣。」

皮拉歐微顫，半透明的薄鰓迅速染紅，被白皙的皮膚襯得愈加紅豔，哈德蘭下意識又蹭一下，皮拉歐猛然甩開他的指掌，單手撫著自己的後頸，撇過頭，「快走。」

「哈德蘭，走吧。」趕上的盧考夫叫道。

他們在傍晚時分抵達紅礫土區，距離出口只剩一天的路程。哈德蘭選在幾株仙人掌附近紮營，盧考夫負責蒐集礫石堆疊處殘留的露水，艾蕾卡在一旁護衛，提防紅蜥蜴的偷襲。

皮拉歐牽著駱駝，亦步亦趨地跟著哈德蘭等待指示。

哈德蘭升起火堆，烘烤艾蕾卡獵到的兩隻紅蜥蜴，盧考夫帶了幾罐混著小礫石的清水回營，又從冰雪瓶裡倒出剩餘的黑螯蠍肉湯，放在火堆上加熱。

皮拉歐蹲在哈德蘭身側啃魚乾，紅蜥蜴身上的油脂滴落進火堆，哈德蘭立即橫過身，擋住猛然竄起的火苗。皮拉歐被突然高過哈德蘭半身的火苗嚇得向後跌坐在地，他默不作聲地用雙手撐起身，蹲回哈德蘭身側。

漁人怕火，顯而易見。盧考夫心想，這在動手時，必然能成為一個有用的制衡籌碼。

今晚輪到盧考夫守夜，皮拉歐本想留守在帳篷外，哈德蘭無視盧考夫的欲言又止，以「我們不需要第二座沙堡」為由，將皮拉歐拉進帳篷。

在伊爾達特共渡的最後一夜，他們不需要更多衝突。

盧考夫雖不能理解哈德蘭的猶豫，但信任哈德蘭的決定，哈德蘭向來沒有愧對他的信任。

走出伊爾達特的路程比預期中還快，然而，當他們一踏出伊爾達特，十幾名裝備優良的黑色騎兵將他們堵在沙漠的邊界。

四人騎著三匹駱駝圍成一圈，刀刃向外，盧考夫低問：「你有通知探險隊公會？」

「我只通知探險隊公會。」哈德蘭道。

三人交換一個意味深長的眼神，哈德蘭側首向皮拉歐低語：「把瓶子藏好。」

他同時甩出一柄尖刀，砍向正前方騎士的脖頸，尖刀被騎士擋開，金屬碰撞的聲音清澈響亮，一片晶亮的碎屑從騎士身上飛出，落到地上。

那成了開始攻擊的訊號。

哈德蘭從懷中摸出一簇煙火點燃，空中綻放出紅黃藍三色的老鷹煙霧，他騎著駱駝與一名騎兵短兵相接。

皮拉歐用手臂隔開騎兵偷襲的刀刃，揮拳將幾名騎兵打下馬匹，哈德蘭趁勢坐到空著的駿馬上，拉起韁繩，反手握刀，刀刃刺進騎兵甲冑之間的空隙，那名騎兵忍痛歪過身，哈德蘭不得不將尖刀脫手，赤手空拳面對蜂擁而來的騎兵。

「哈德蘭！」皮拉歐騎著駱駝靠近，撲到哈德蘭身上，騎士的刀刃恰恰砍在皮拉歐背部，刀刃劃破會服，橫劈下數片魚鱗，漁人的背脊中央迅速冒出一條殷紅的血絲。

「皮拉歐！」那抹鮮紅映在哈德蘭的瞳孔裡，瞬間激發他的血性，胸腹的疤痕微微發癢，隱隱發熱，血腥味再度漫上鼻尖。

「別擔心。」皮拉歐直起身，咧開嘴，他用指腹輕碰哈德蘭的唇角，「守護伴侶安全是我的職責，你之後要親親我的背。」

那個柔軟親暱的舉動落在刀劍相向的金屬碰撞聲中，血腥味帶起的回憶瞬時化成帳篷中藏匿在夜間的吻。

哈德蘭吐出一口濁氣，應道：「好。」

我會逐一親吻你所有的傷口，哈德蘭想。只要皮拉歐能確保自己活著。

「一言為定。」皮拉歐笑開來，一把將裝著藍玫瑰的玻璃瓶塞進哈德蘭懷裡，隨即跳下馬背，擋在哈德蘭身前。

盧考夫與艾蕾卡退到他們身側，四人再度圍成一圈警戒四周。

紛亂的馬蹄聲由遠而近，地面微微震動，預告大批人馬即將到來。

盧考夫與哈德蘭相視，哈德蘭輕輕搖頭，「公會的援兵沒那麼快。」

黑色騎兵的領頭者舉起右臂，騎兵們紛紛撈起受傷的同伴撤退，縱馬而起的沙塵宛若下一波攻擊前的中場休息。

盧考夫從懷裡掏出菸斗，點起菸草，狠狠吸了一口，「苦差事。」

沙塵散去，現出兩名縱馬而來的士兵，士兵的盔甲上映著八叉鹿頭，鹿角上長著麟花，那是現任摩金柯法納索瓦公爵的家徽。

騎士停在四人面前，其中一名身材較為健碩的騎士，向現場探險隊公會評級最高的哈德蘭致意。

「狩獵者閣下，公爵見到探險隊公會的求救訊號，讓我們前來支援。」

「謝謝摩金大人的支援。公爵在何處？」哈德蘭沉穩地道謝，彷彿對封地遠在斯堪地聯邦另一頭的柯法納索瓦公爵現身此處毫無疑慮。

「公爵受邀前往埃德曼莊園參加社交季，途中受莫索里男爵所託，前往莫索里莊園邀請莫索里小姐一同前往。」回話的騎士簡明扼要地回答，「公爵大人有言，狩獵者閣下若要前往埃德曼莊園，不如與公爵同行，互相照應。」

眾人看向哈德蘭，半晌，哈德蘭輕輕點頭，「走吧。」

柯法納索瓦公爵個性溫和，品行高潔，素來對探險隊公會很是禮遇，「互相照應」只是口頭上說得客氣，意在主動提供護衛。否則以他們四人的戰力，如果再碰上一次方才的劫殺，不一定能全身而退。

斯堪地聯邦冒險手記

CHAPTER TWELVE

第12章

The Tales of Skandia Federal

一抹晶亮吸引哈德蘭的注意，他縱馬過去，彎身撿起斷掉的項鍊，項鍊墜飾是枚錫幣，上面雕刻著一頭鮑獅。他以指腹撫摸鮑獅頭周圍綻放的鈴蘭花，花紋並未在戰鬥中磨損，有利尋找刺客的來歷。

「杜特霍可閣下。」方才領他們前來的騎士杜佐倫靠近哈德蘭，「爵爺想請您上馬車一敘。」

「公爵有何吩咐？」哈德蘭收起錫幣問道。

「爵爺請您上馬車一敘。」

哈德蘭隔著杜佐倫與艾蕾卡對望一眼，隨後側首示意皮拉歐跟上他靠近馬車。

柯法納索瓦公爵的馬車以麟花圖騰裝飾，駕駛座嵌著八叉鹿角，馬車設計處處融合柯法納索瓦家族的家徽，哈德蘭坐進車廂，柯法納索瓦公爵半瞇著眼靠坐在椅墊上，他聽到聲響後睜眼，「杜特霍可閣下，一切辛苦了。」

柯法納索瓦貴為公爵，其實不必對哈德蘭過於謙稱，他選用對狩獵者最高敬稱的稱呼，無非是因為尊敬哈德蘭的祖父，上一任的埃德曼公爵。

「爵爺。」哈德蘭頷首，在對面落座。

柯法納索瓦公爵露出和善溫暖的笑容，端起茶杯慢條斯理地喝一盞茶之後，以他低啞的嗓音開口：「我知道閣下在想什麼。」

「例如？」

「你在想，我出現在這裡是不是偶然。」柯法納索瓦公爵緩慢靠向身後的柔軟椅墊，「答案是『不是』。」

哈德蘭沉默以對。

柯法納索瓦公爵端詳他半晌，「你跟你的堂弟很像。」

哈德蘭挑起一邊的眉毛，「大家通常不會那麼說。」

「長相只是表象。小埃德曼爵爺致力於讓人看不清他是否說真話，而閣下的少言有同樣的效果。」

哈德蘭微笑，「祖父也說過類似的話。」

「老埃德曼爵爺有兩個優秀的繼承人。」柯法納索瓦公爵感嘆道，「他向來最愛說這個。」

哈德蘭不予置評，柯法納索瓦公爵邀他前來絕非是為了緬懷過去。

「看在老埃德曼的分上，我得提醒你，切爾西正在搜尋三項神器的下落。」柯法納索瓦公爵揉著眉心，「我擔心他會有所行動，所以繞路過來，大老遠就看到探險隊公會的求救煙火。」

「這件事我會呈報給總事務官。」哈德蘭想起袋裡那枚戴在刺客脖頸的錫幣項鍊。米夏蘭斯基公爵的家徽正是以鮑獅聞名，確實可疑。

「老頭子的工作結束了，剩下的都是年輕人的事。」柯法納索瓦公爵下意識揉著悶脹的胸口，下顎朝外一點，目光的盡頭止於車外的漁人，「那個，你打算怎麼處置？連藍玫瑰一起送到探險隊公會？」

哈德蘭不欲多答，「這是探險隊公會的事。」

「我相信閣下必定會做出有利於斯堪地聯邦的決定。」

「探險隊公會的立場始終如一。」

柯法納索瓦公爵滿意地微笑，他微微擺手，這是對話結束的訊號。哈德蘭退出馬車，看見莫索里家的旗幟在後一臺馬車頂端獵獵飄揚。

他有將近五年沒參加過社交季，對莫索里小姐的印象停留在肖似其父的圓潤臉蛋與身形，他摸著下顎新生的鬍渣，打消上前致意的念頭。

「哈德蘭。」艾蕾卡策馬靠近。

哈德蘭低聲道：「今天只有探險隊公會成員，沒有埃德曼公爵夫人。」

若檢視狩獵者小隊三人的身分地位，無疑是現任埃德曼公爵夫人的地位最高，但所有衛兵全對艾蕾卡視而不見，那只可能是來自柯法納索瓦公爵的指令，僅依據狩獵者的評級進行應對。

艾蕾卡鬆了口氣，她私下替代法恩斯出任務，探險隊公會事後追究極可能實施降級處分，她若能低調行事，絕不想張揚。

哈德蘭一行人在進入埃德曼莊園時受到盛大的歡迎，號角在門口響徹雲霄，衛兵列隊迎接現任摩金的到來。

總管伊修達爾在大廳接待貴客，他示意女僕梅西帶領柯法納索瓦公爵前往下榻處。

艾蕾卡問：「我的寶貝還好嗎？」

「蕾西小小姐很健康，夫人這段日子勞累奔波，請先隨貝蕾進行梳洗。」

艾蕾卡雙手環胸，「伊修達爾，提姆沒惹麻煩吧？」

「這句招呼真傷我的心。」陰冷的語調透過深紅色帷幕傳進眾人耳裡，僕人們神色一凜。帷幕被掀開一角，露出提姆斯基蒼白俊秀的臉，他的嘴角掛著似笑非笑的弧度，「艾蕾卡，抱歉讓妳失望了。」

艾蕾卡細不可察地放鬆聳起的雙肩，她上前勾住提姆斯基的手臂。埃德曼公爵微僵，對妻子出乎預料的親暱感到錯愕。

艾蕾卡挽著提姆斯基轉身往寢房走去，「你的匕首很有用。」

「埃德曼公爵夫人值得擁有最好的東西。」

「那也包括你嗎？」

「——這要看妳怎麼定義『擁有』。」

「我以為問題在於怎麼定義『最好』。」

「如果夫人是想表達對為夫的不滿，我建議——」

「我說的『最好』是指這裡——」艾蕾卡拉起長音，語調煽情曖昧。她瞥向大廳，哈德蘭與盧考夫忽然對落地窗前的植栽深感興趣，兩人雙雙別過頭去。

「夫人。」提姆斯基的聲音愈加低沉，「柯法納索瓦公爵還在等我。」

半晌，一句命令遠遠傳來，「通知柯法納索瓦公爵會議改到明日。」

與此同時，大廳裡伊修達爾向哈德蘭躬身行禮，「哈德蘭閣下，真高興看見您一切平安。」

哈德蘭等到那對夫妻的人影消失在走廊盡頭，兩步上前抱住自小相識的老管家，「伊修達爾，我也高興你看起來一切都好。」

伊修達爾的下巴頂在哈德蘭肩頭，露出和藹的笑容，「哈德蘭少爺，您又變得更加壯碩了。」

「這就是我現在的生活。」哈德蘭放開伊修達爾，「能帶我們去房間休息嗎？」

「三位閣下，請隨我來。」伊修達爾替哈德蘭安排的房間是他住慣的臥室，「哈德蘭少爺，您的房間一直都為您保留著。至於兩位閣下，我會帶你們前往各自的房間。」

哈德蘭瞬間回頭，與皮拉歐四目相對，漁人的眼底浮現不情願，「我要跟哈德蘭一間。」

「爵爺已經吩咐準備兩位的房間，閣下不願意前往嗎？」伊修達爾對任何出乎意料的要求都能平靜以對。

哈德蘭遲疑數秒，「伊修達爾，讓皮拉歐留在我這裡，再幫我準備一個大型浴桶，浴桶裡注滿冰水。」

「哈德蘭少爺，您若是要沐浴，能使用後方的浴池。」

哈德蘭微笑，「伊修達爾，我知道該去哪裡沐浴，浴桶是皮拉歐專用的。」

「哈德蘭少爺，晚間爵爺將會與您有一番談話。」伊修達爾暗示道。

「我不認為他還記得原本的計畫。」哈德蘭輕描淡寫地道，「如果他想跟我談，就讓他再找一間會客室。你帶盧考夫去休息吧。」

伊修達爾躬身行禮，領著盧考夫離開。

哈德蘭的寢室很大，僅次於公爵的臥房，他走到床前撫摸柔滑的絲被，伊修達爾將房間打掃得很乾淨，一切擺設正如離開前的模樣，彷彿他一直住在這裡。

些許的懷念湧了上來。

他離開時不覺得留戀，出門在外也甚少回憶住在莊園的日子，直到他觸碰這房裡桌椅的木紋、絲被繡製的繁複紋路，與窗臺上的盆栽，難以言喻的柔軟情感讓他卸下心防。

那全是他所曾經擁有的——最美好的回憶。

「哈德蘭少爺，我來送皮拉歐閣下的東西。」

伊修達爾得到允許後推門而入，他指示兩名男僕將大型浴桶抬進哈德蘭的房間，一名女僕捧著兩套乾淨的服飾放置在木架上，並將盥洗用品留於浴桶旁。

「哈德蘭少爺，皮拉歐閣下，若還有任何需求，請隨時呼喚我。」

「後方的浴池現在開放嗎？我想先帶皮拉歐去浴池。」

房裡的浴桶是讓皮拉歐休憩用，哈德蘭相信皮拉歐應該更喜歡大型的水域場所。

「浴池現在開放中，哈德蘭少爺請放心使用。」伊修達爾細心地問，「需要我為兩位特別準備什麼東西嗎？」

「不用。對了，伊修達爾，晚餐請幫皮拉歐安排活海鮮。」哈德蘭瞧見皮拉歐陡然亮起的藍眼睛，嘴角自然勾起，「愈新鮮愈好。」

一如哈德蘭所想，皮拉歐一見到比他的寢室還大的浴池，立刻興奮地縱身跳入，水花濺得哈德蘭一身。

哈德蘭失笑，他脫下衣褲用木杓沖洗多日的髒汙，垂落在額前的黑髮滴著水，緩緩淌下臉頰，他抹過水珠，忽然察覺浴池裡一片靜默，池面僅有微風捲起的圈圈水紋，皮拉歐不見蹤影。

哈德蘭試探地叫道：「皮拉歐？」

不久，皮拉歐從浴池的另一端冒出頭，朝他大聲笑道：「哈德蘭，快下來！」

哈德蘭沖掉身上的皂沫，單腳踏入浴池，浴池極深，水位淹到他的胸膛，他往浴池裡走了幾步，朝對面看，皮拉歐又消失了。

他習慣漁人的玩心，不以為意地掬起滿掌的水洗臉，再次抬首，皮拉歐竟已無聲無息出現在他身前。過近距離造成的壓迫感讓哈德蘭下意識後退，他一退就靠上岸邊，皮拉歐順勢俯身，將他困在身前。他先是從漁人的眼裡瞧見自己錯愕的倒影，才瞧見漁人火熱的目光。

在哈德蘭反應之前，皮拉歐已經俯首吻他，凶猛的舌竄進他的口腔，他失去先機，在侵略者的攻勢下節節敗退。

那個吻和前一次的繾綣完全不同，漁人充分展現自己的占有欲，先是刮過他口腔的每一寸，接著捲住他的舌往自己嘴裡吸吮，他的舌尖劃過漁人尖銳的齒列，細微的疼痛讓他敏感地一縮，舌尖泛出腥甜的血味。

皮拉歐的喘息陡然加重，彷彿那抹血絲狠狠刺激了他。他猛烈地吸吮哈德蘭的舌，如果可以，哈德蘭毫不懷疑他會將自己的舌頭吞吃入腹。

尖銳、炙熱、血腥、疼痛、凶猛，這個吻充斥著角力與賀爾蒙，哈德蘭第一次直面這種強而有力的欲望，像正被食物鍊最頂級的掠食動物攻擊，但對方要的不是他的命，而是他熱切的回應。

哈德蘭被激起抗爭的血性，他推擠漁人精壯的軀體，用力抓握皮拉歐的背脊，卻意外在密集的魚鱗間摸到一處缺口，哈德蘭一怔，那一剎那的停頓給了皮拉歐可趁之機。

漁人傾前將他壓制在池邊，粗糙的舌頭探得更深，壓住他的舌反覆舔拭他的上顎與臼齒，他被動承受深入口腔的侵犯，掠食動物霸道地侵略他嘴裡的每一寸，凶狠地索取他的順服。

在這之前，皮拉歐對他的依賴與維護讓哈德蘭以為陪在身邊的是一隻忠誠的巨犬，殊不知皮拉歐其實是頭凶性十足的狼王。在伊爾達特，漁人因天性而收起侵略性，看似無害，他才會毫無防備地被皮拉歐猛烈襲擊。

他的指掌撫過皮拉歐背後缺失的鱗片，左手觸及漁人被薄鰓覆蓋的後頸側，遲疑數秒終於打消抵抗，右手鬆鬆地搭著皮拉歐的肩背，默許漁人的作為。

皮拉歐察覺他的妥協，變本加厲地反覆舔吻他舌尖的傷口，傷處又刺又疼，哈德蘭反射性向後縮起舌頭，卻忘了退卻最容易誘引掠食動物更進一步的侵襲，漁人強迫他將嘴張得更開，敞開嘴裡最深最柔軟的那處，恣意肆虐。

傷口讓他的舌頭更加敏感，彷彿有根針插在他的舌尖上，細微尖銳的疼痛讓他繃緊神經，反射性握緊皮拉歐的肩背，噴出一聲顫抖的粗喘，那聲喘息在火熱的吻之間陌生煽情地令人害怕。

哈德蘭不記得一切是怎麼發生的，只知道皮拉歐從他的喉嚨吻到胸膛，靈活的舌頭捲住他的左乳首擠壓，從沒被人碰觸過的乳首敏感地發顫，乳首附近的大型傷疤微微泛癢，曾經的惡夢在漁人的舔舐下全成了最洶湧的感官刺激。

他癱靠在池邊，涼冷的水輕刷過他的右乳，左右乳首面臨一冷一熱的溫差，他無意間垂眼，意外瞧見自己的乳首宛如成熟的莓果般變得紅豔挺立。

他沒想過讓出主導權，一切就失控了。

陌生而熱烈的情欲讓他不由自主地順應本能，沉溺於漁人的感官侵略，他反射性捏弄自己的右乳首，妄圖得到更多刺激。乳尖變得更加敏感，高溫的電流從被褻玩的雙乳流竄到四肢百骸，他想索取快感，本能地將皮拉歐的頭壓近乳首，乳尖突然一疼，似曾相識的尖銳疼痛將他從情欲的迷霧中硬生生拖出來。

他猛地推開皮拉歐，檢查自己的左乳，乳首旁浮現一道細小的血痕。

皮拉歐舔著下唇的血漬，藍瞳隱隱泛光，聲調低沉沙啞，「哈德蘭，你的血好甜。」

哈德蘭臉色一沉，乳尖的細碎疼痛讓他意識到自己的放縱，他壓下驟起的煩躁翻身上岸，拿過一旁的浴巾擦拭身體，「你玩夠了就自己回房。」

「哈德蘭！」皮拉歐迅速翻身上岸，「我跟你一起走。」

哈德蘭粗暴地扔給皮拉歐一條浴巾，指著一旁的衣物，「把水珠擦乾，把衣服穿上，這裡是埃德曼莊園，不是伊爾達特。」

皮拉歐擦乾身體，拿起伊修達爾備妥的衣物。衣物的樣式繁雜，垂墜著各式流蘇，他茫然地轉向穿戴整齊的哈德蘭，求救道：「哈德蘭，我不會穿。」

「你倒是很會咬我。」哈德蘭悶著氣回頭打量皮拉歐的衣物，伊修達爾準備的樣式與自己的服飾相仿，但花樣更為繁複。這是貴族階級的穿著。

雖然他並未特意交代要將皮拉歐視為貴客，但伊修達爾選擇提供貴族而非平民的衣物給皮拉歐，確實讓他驚訝。

「哈德蘭？」皮拉歐忽地湊近，藍眸清澈像是純真的稚兒，與方才將他強壓在池邊深吻的壓迫態勢完全兩樣。

哈德蘭將深綠色的上衣套住漁人的頭，皮拉歐掙扎著從布料中冒出，雙手在空氣中胡亂抓握，頗為狼狽。哈德蘭見狀，乳頭被劃傷的悶氣散去大半，他替皮拉歐拉整上衣，順過兩袖垂墜的流蘇，再拿起白色綢褲讓漁人換上。

「頭抬高。」

哈德蘭替皮拉歐打上成套的深綠色領巾，華貴的領巾恰如其分地蓋住皮拉歐的薄鰓，下襬的短版青色外袍圍在皮拉歐的腰間，以鑲嵌著藍寶石的腰帶固定，青色的外袍表面綴著各式鮮黃色流蘇與燦爛的金邊細線，將漁人白皙的膚色襯得更為高貴典雅，乍看之下像個青年貴族。

腰布和流蘇掩住漁人裸露的四肢，即便漁人在行走時露出些許青藍色的魚鱗，也會被視為是服裝繁複的樣式之一。

哈德蘭親暱地拍著皮拉歐的臉頰，帶著自己也沒察覺的愛憐，「伊修達爾對你可真好。」

他們都不指望能在大庭廣眾之下隱瞞皮拉歐的漁人身分，但能最大限度減少漁人的醒目絕對有利無害。

「如果他對我好，也是因為你。」皮拉歐雖不懂哈德蘭的意思，卻明白對於初次見面的陌生人，老總管的善意必然來自於與哈德蘭的交情。

哈德蘭輕笑，那是在外漂泊多年之後才會懂得的暖意，「走吧，去用餐。」

晚餐是小型的家宴。

提姆斯基只宴請柯法納索瓦公爵、莫索里小姐，與哈德蘭的隊友盧考夫及皮拉歐。

除了盧考夫與皮拉歐之外，在座全是貴族。哈德蘭本想讓皮拉歐獨自待在房裡用餐，但皮拉歐堅持要跟著他，哈德蘭轉念一想，家宴的客人不多，應該不必擔心。

伊修達爾安排皮拉歐坐在哈德蘭與盧考夫之間，上菜時，侍者端給皮拉歐一碗清水，碗裡裝著數尾來回游動的小魚，皮拉歐以指掌撈起幾隻小魚一口吞進，咬斷魚骨發出清脆的咀嚼聲，漁人的齒縫間立即滲出汨汨鮮血。

對面的莫索里小姐驚呼一聲，慘白著臉暈過去。

伊修達爾連忙喚來女僕將莫索里小姐抬進房間，局勢陷入一片混亂。皮拉歐不明所以地看向哈德蘭，狩獵者在心裡深深嘆息，他放心得太早了。

他將自己的水杯推給皮拉歐，「喝水，漱漱口，別說話。」

皮拉歐將嘴裡的小魚吞下後漱口，抬首時發現自己成了眾人目光的焦點，他示好地問道：「你們也想吃？」

盧考夫毫無禮節地輕咳一聲，費盡千辛萬苦才將口中的食物吞下肚。

提姆斯基放下刀叉，無視皮拉歐，看向哈德蘭，「你的。麻煩。」

艾蕾卡輕扯丈夫的衣袖，在他耳邊小聲說：「皮拉歐救過我一命，否則我不能坐在這裡跟你說話。」

「操他摩羅天的。」提姆斯基低聲咒罵，「麻煩。」

皮拉歐敏銳地意識到自己不受歡迎，他想離開，哈德蘭先一步按住他，對上提姆斯基的目光，低聲道：「我的。客人。」

皮拉歐看向哈德蘭，哈德蘭給他一個安撫的目光，壓著他臂膀的力道加重，示意他不必離席。

皮拉歐咧開嘴，忽然想再親一親哈德蘭。

「伊修達爾，請廚房準備新鮮的生魚肉，招待皮拉歐。」艾蕾卡俐落地下達指令，側首溫和地對皮拉歐微笑，「莫索里小姐沒見過血，你嚇到她了。」

「等莫索里小姐清醒後，我會親自前去表達歉意。」哈德蘭在皮拉歐開口之前截過話。

艾蕾卡抬了抬眉毛，「那再好不過。」

新端上的生魚肉成了皮拉歐的主食，他咬嚼的聲響頻頻吸引眾人的目光，一小塊魚脂在皮拉歐狼吞虎嚥時黏在他嘴邊搖搖欲墜，哈德蘭看不過去，用餐巾布替他抹嘴，低聲警告：「別滴到衣服上。」

皮拉歐用鰓輕輕噴氣，圍在頸側的綠色絲巾微微鬆開，哈德蘭透過絲巾的褶皺看見那片薄鰓，薄如蟬翼的鰓片青綠透亮，襯著漁人白皙的膚色，宛若最精緻的翡翠聖品。哈德蘭從沒想過那一小片景緻會令他如此著迷，他情不自禁地伸出手指，輕輕點在那片鰓上。

皮拉歐輕顫，聲音低啞，「哈德蘭。」

哈德蘭回過神輕咳道：「抱歉。」

餐桌另一頭，提姆斯基低聲問候柯法納索瓦公爵的健康，柯法納索瓦嘆道：「老樣子。我的心臟就像必須時時上緊發條的老時鐘，一不注意就會停擺。」

「您太悲觀了。」提姆斯基試圖寬慰老邁的摩金，「保持心情愉快對您的健康很重要。」

「我不擔心我自己，我擔心的是我走了以後，斯堪地聯邦即將陷入動盪。」柯法納索瓦苦笑，「老人家總愛把自己看得太重要。」

「我知道您在擔憂什麼。」提姆斯基意味深長地說，「米夏蘭斯基公爵對斯堪地聯邦有不同的考量。」

「切爾西不是個壞人，」柯法納索瓦打了個手勢，「但他可能忘了欲速則不達。」

「所以斯堪地聯邦需要您和米夏蘭斯基公爵，才能維持平衡。」提姆斯基垂眼。事實上，他並不打算介入前後任摩金的政治角力。

「平衡才能穩定斯堪地聯邦。」柯法納索瓦舉杯，「敬平衡，敬斯堪地聯邦。」

「敬平衡，敬斯堪地聯邦。」

酒杯碰撞的聲音開啟夜晚的序幕，伊修達爾對僕人打了個手勢，樂團開始拉奏悠揚的樂曲。

皮拉歐忍不住以腳掌輕輕打節拍，在心裡替它重新編曲，「這首曲子很好聽。」

哈德蘭聽出那是露西塔安圓舞曲，他瞥見皮拉歐隨舞曲輕輕搖擺，提議道：「吃飽後，我們可以跳一曲華爾滋。」

「華爾滋。」皮拉歐複誦陌生的名詞，「要怎麼跳？」

「首先，你要有一個舞伴。」哈德蘭憶起皮拉歐的求偶舞，臉頰微微發熱，「你和舞伴之間必需互相配合對方，跳著對稱的舞步，看起來才會和諧。」

「和諧，對稱。」皮拉歐咀嚼這兩個詞，這和他編曲的原則很接近，他隆重宣布：「我喜歡華爾滋。」

「你當然會喜歡它。」哈德蘭單手支著頰，側首看向皮拉歐，眼底全是笑意，「沒人不喜歡華爾滋。」

在斯堪地聯邦，華爾滋素來有「舞中皇后」的稱號，據説跳華爾滋時，若在舞伴的懷裡轉一圈，就會意亂情迷。

斯堪地聯邦冒險手記

CHAPTER THIRTEEN

第13章

The Tales of Skandia Federal

燭火搖曳，在針織地毯上映出重重陰影，偌大的圖書室隱在黑暗之中，兩道人影在燭火之下靠得極近，鼻息交融。

「一、二、三，一、二、三，噢！」哈德蘭低聲咒罵，「不對不對，你這裡要退後，不然我們會相撞。」

「先前進，再後退？」皮拉歐握著哈德蘭的指尖後退一步，「像這樣？」

「對，但你不能拉著我動，現在是我帶舞，你必須跟著我的舞步。」哈德蘭耐心示範基本的方形步與側形步，「接下來，你要稍微後傾，順著我的帶領轉圈。」

皮拉歐彆扭地照哈德蘭的指令舞動，「這樣？」

「轉的幅度再小一點，再斯文一點。」

哈德蘭拉著皮拉歐的指尖，讓漁人順著力旋轉。皮拉歐更加彆扭地再轉一圈，脫力地問：「那你什麼時候要轉圈？」

「我不用。」哈德蘭下意識道。

「為什麼？不是對稱嗎？」皮拉歐期待地站到哈德蘭身側，「換我帶你轉。」

哈德蘭一怔，「我跳的是男步，你跳的是女步。」

「有什麼差別？」

「——差別是，在華爾滋裡，只有我帶你轉圈。」哈德蘭忽然意識到性別對應華爾滋的舞步並不是完全對稱，那很可能衍生一個問題。

「我要跳男步。」皮拉歐咧開嘴，「換我帶你轉圈。」

就是這個，哈德蘭揉了揉眉心。他學習的所有舞步全是男步，在餐桌上邀請皮拉歐跳舞也是自幼所被培養的「禮貌的調情」，這並非表示他不想跟皮拉歐共舞，只是他從未想過自己要跳女步。

哈德蘭遲疑地說：「我們可以都學男步。」

「就像你的跳法？」

「對。」哈德蘭再度示範，「原本你後退的地方改成前進，前進的地方改成後退。」

皮拉歐的運動神經發達，有了先前的基礎，他很快掌握華爾滋的訣竅，「哈德蘭，我會了！我們現在可以轉圈了嗎？」

「唔。」哈德蘭摸著下巴，「不行，我們都跳男步會相撞。」

皮拉歐終於意識到不對勁，「那我要跟誰跳？」

這是一個好問題，哈德蘭想。

「按照規矩，你可以請在場的淑女跳舞。」

「所以明天你會跟在場的淑女跳舞？帶著她們轉圈？」皮拉歐犀利地問，「不可以，你只能跟我跳。」

哈德蘭忽然後悔自己莽撞的共舞邀約，他故意拋出難題，「那得有人跳女步。」

「我跳。」皮拉歐毫不猶豫地說。

哈德蘭微微睜大眼，「你願意跳女步？」

「不就是轉圈嗎？」皮拉歐從鰓噴出一口氣，「才不會難倒我。」

哈德蘭沉默半晌，燭火映在皮拉歐的眼裡搖曳閃爍，在漁人身後，那大片書牆全是父親亨立克的收藏。而父親從小就教他尊重每一個生物的生命，尊重每一個人的人格。

那意味著，他不該憑一己之私欺詐皮拉歐，對於舞步，他們該有同樣的選擇機會。

片刻後，哈德蘭艱難地說：「如果你想試試的話，我可以跳女步。」

「那我可以帶著你轉圈對嗎？」皮拉歐唯一在意的只有這個。

「對。」哈德蘭勉為其難地承認。

「我們快開始！」

皮拉歐擺好邀舞的手勢，哈德蘭深吸一口氣，將指尖輕輕搭在漁人的手心，隨著皮拉歐的帶領，與漁人共舞。

他第一次跳女步，雖然有所認知，偶爾還是會跳成男步，撞到皮拉歐的胸懷裡，漁人肩寬胸厚，魚鱗又堅硬無比，他以肉身撞了數次不免疼痛。

「嘶。」哈德蘭倒抽一口氣，被皮拉歐撞得頭暈。

皮拉歐卻在此時握著他的手，俯身靠近他，他跟著幅度向後傾身，順著皮拉歐的帶領轉了一圈，回到漁人懷裡。

璀璨的藍眸底端藏著一顆亙古不變的沙異星，星辰閃爍，瞬間將他帶回伊爾達特，回到那個雨夜，回到帳篷裡。

他終於知道星辰是有生命的，它炙熱得足以燃燒理智，又靜謐得讓他聽見心臟撞擊的回音。

口耳相傳的謠言，還是有其可信度。

跳華爾滋時，若在舞伴的懷裡轉一圈，就會意亂情迷。

火光搖曳，下一刻，燭蕊上的火苗悄然熄滅。

哈德蘭驚醒過來，「我們該回房了，跟我來。」

他牽著皮拉歐的指尖，避開夜間巡邏的女僕，熟門熟路地回到臥室。

浴桶裡的巨型冰塊已經融成碎冰，皮拉歐欣喜地一腳跨入，卻猛地被哈德蘭往後拉。

「你給我把衣服脫掉！」哈德蘭氣勢洶洶地低喝，「伊修達爾特地為你準備的衣服，絕對不准弄壞。」

「喔。」皮拉歐細聲細氣地應道，摸向頸側的領巾，以指尖捏起一角輕輕往外扯，領巾被扯得更緊，勒住他的脖頸。

「唔。」他求救地看向哈德蘭。

哈德蘭習慣性地嘆氣，上前拍掉漁人愈弄愈糟的手，「我來。」

他原本替皮拉歐打了一個漂亮的宮廷結，將漁人的脖頸襯得修長又健壯，如今宮廷結被皮拉歐一扯變成死結，他不想弄壞領巾，只能放輕力道小心翼翼地解開綁得死緊的絲巾。

「好了。」哈德蘭隨手抹過額側的汗，一抬首，正對上落在自己身上的目光，那眼神裡有探究，有沉思，有欣喜，複雜難解。

哈德蘭撇過頭，離開漁人寬闊的懷抱，「衣服脫下來，不准弄壞。」

皮拉歐把褪下的衣物堆在浴桶邊，仰躺進冰冷的浴桶，有模有樣地喟嘆：「這就是生活。」

哈德蘭拉開衣櫃底層的抽屜，不是很認真地警告，「別學我說話。」

水聲在哈德蘭身後靜止了一段時間。

「哈德蘭，這是你要的生活嗎？」

有那麼一瞬間，哈德蘭聽見母親希莉的聲音。

他猛然回頭，漁人懶懶地斜坐在浴桶裡，百無聊賴地撥動水面，他瞥哈德蘭一眼，似乎在等狩獵者的回答。

「為什麼這麼問？」他強裝鎮靜。

「你穿那種衣服，吃那種食物，用那些東西，還跳那樣的舞。你喜歡這種生活嗎？」皮拉歐懶散地形容今日的一切，彷彿他根本不願花精力使用繁雜的句詞來描述。

這個增加細節的問題不是母親的意思。

哈德蘭沒意識到自己沉浸在回憶裡，直到視線掃過窗臺的盆栽，理所當然地以為會看到單支的長春花。

如今長春花開了分支，正在結第二朵花苞。他的母親不在那裡。

哈德蘭的沉默被皮拉歐解讀為默認，漁人從浴桶裡舉起一隻手臂，他臂上的鱗片排列緊密，宛如一支訓練精良的軍隊，象徵勇猛與可靠。

「哈德蘭，你看看我。」

「全長出來了？」哈德蘭靠近細看，皮拉歐的手臂幾乎沒有無鱗的缺口，部分鱗片僅有半節，但也足夠堅硬。

「那些衣服，你都可以帶進北之海域；食物的話，你若想在岸上吃，我就陪你。至於跳舞，求偶舞僅有求親者能跳，但其他的舞，我都能跟你一起跳。」

哈德蘭從這句話聽出不同的意味，他俯視浴桶之中的漁人。皮拉歐側過臉盯著水紋，青綠色的薄鰓輕輕扇動，從頸側往外擴出一片紅霞。

哈德蘭垂下眼睫。如果皮拉歐沒有問，也許他還能在這短暫的旅程中享受點刺激的親密遊戲，不去思考未來。

但漁人對這段感情比他認真得多。他知道皮拉歐想要什麼，但他沒辦法承諾。

今天這些經歷不是他想要的生活，但他也沒想過要在海底生活。

他不屬於這裡，也不屬於那裡。

皮拉歐舉臂半天，沒得到回應。他頹然地放下手臂，浴桶濺起一圈水花，水面的漣漪擴散，扭曲了哈德蘭的倒影。

「你可以有很多選擇，那不包括我。」哈德蘭謹慎地說。

「我不需要很多選擇，我只要我想要的那一個。」皮拉歐固執地道。

「世界不是那樣運作的，你不會總是能得到自己想要的。」哈德蘭平靜地轉身，換上寬鬆的寢衣，翻身上床。

「那我就打碎世界的運作。」皮拉歐的聲調降了三度，帶著某種威壓的力道，賭氣的一句話忽然聽起來像是宣言。

哈德蘭背過身，絲被蓋過頭頂，細聲細氣地道：「那你加油，晚安。」

「等等，哈德蘭，我們什麼時候可以離開這裡？」

哈德蘭面對牆壁，聲音從房間的那一頭悠悠傳來，「我們在這裡待一到兩天，補給完畢後，必需考慮新的交通工具。斯堪地大草原距離這裡很遠，我打算去探險隊公會租一隻祖克鳥，縮短我們的旅程。」

「你是指，我們要騎在鳥上？」皮拉歐唰的一聲坐起身，浴桶外頭濺出一攤水，「飛在空中？飛得很高很高？」

「我想想。」哈德蘭故作姿態地沉吟，「如果到時候你看到埃德曼莊園小得跟你的鱗片尺寸一樣，那叫做『很高』的話。」

「一定要用飛的？」皮拉歐看向哈德蘭，他懷疑任何不能踩在陸地上的移動方式。

「以祖克鳥的平均飛行速度計算，大約要飛兩天。如果我們騎馬，最少要七天，這還是指路況不錯的話。」路況不錯是假設沒有任何暗殺或搶劫。哈德蘭聳肩，「你可以選。」

皮拉歐只掙扎不到一分鐘，「等我從北之海域回來，我們就飛。」

賽提斯的社交季是斯堪地聯邦一年當中最大的盛事，貴族們輪流在賽提斯舉辦社交活動，室內活動尤以舞會居多，室外活動亦有打馬球、划船、在近郊打獵等等。

身為探險隊公會的成員，法恩斯、哈德蘭與盧考夫仍可參與近郊打獵，但成績不列入評比。艾蕾卡陪提姆斯基留在莊園招待其他不參與狩獵活動的貴族及其女眷。

一群人往埃德曼莊園後方的樹林深處走去，盧考夫與法恩斯領頭，哈德蘭殿後。他們越過半截橫跨地面的粗壯樹幹，皮拉歐忽然扯住哈德蘭的手臂，示意他往右側看，「那裡有聲音。」

皮拉歐所指的地方全是繁茂的樹林，偏離森林小路，哈德蘭幼時只在亨利克的帶領下去過幾次。

這一遲疑，前頭的貴族打獵團已經與他們拉開距離。

「哈德蘭，你想追上他們嗎？」皮拉歐留意到他的視線，輕聲問，語氣裡有一絲細不可察的落寞。

哈德蘭往前走幾步，回身偏了偏頭，「你不是說有聲音？帶路。」

皮拉歐瞬間笑開，晃到哈德蘭眼前的藍眸璀璨逼人。漁人大步跨過枯枝落葉，「跟我來。」

哈德蘭雖不熟悉地形，但身為一級狩獵者，樹林中的猛獸等同簡單的低級任務，至於貴族們，盧考夫與法恩斯應該能看好他們。

皮拉歐領他走了好一段路，哈德蘭才聽見細微的動靜，似乎是樹葉摩擦的細碎聲響，他拉著皮拉歐躲進灌木叢埋伏，半晌，一隻八叉鹿從樹林那頭走過來。

樹林深處，陽光從枝葉之間漏進來，落在鹿角上，那隻八叉鹿比牠的同類體型更加巨大，頂著金黃色的鹿角，宛若頭戴冠冕，乍看之下，竟似鹿中之王。

哈德蘭見慣各種奇特的生物，卻也是第一次見到這麼巨大的八叉鹿，狩獵之魂蠢蠢欲動。他從背上的箭筒抽出羽箭瞄準，看準時機連發三箭。

三支羽箭分別落在八叉鹿的頸部與腹部，八叉鹿揚起半身踢躂，回頭凶狠地瞪向狩獵者。哈德蘭正訝異這頭雄鹿還能屹立不搖，這隻巨大的獵物已經向他衝來。

與此同時，皮拉歐宛如箭矢般衝了出去，他一躍而起，握住八叉鹿鹿角將自己甩上鹿背，對準鹿頭揚手一拳，八叉鹿不得不停下來與背上的漁人搏鬥。

皮拉歐徒手揍了鹿頭十數拳，八叉鹿想將皮拉歐甩下背脊，卻被打得暈頭轉向，四面八方冒出鮮血，更加瘋狂地掙扎。

哈德蘭本想再來一箭，但找不準時機，皮拉歐顯然也不需要他的支援。

他再次為漁人的健壯深感震驚。

痛揍厄斯里山的黑熊、拉住四隻同時躁動的駱駝、頂住伊爾達特黑蟄蠍的大螯，無論是碰上哪一種情況，經驗豐富的一級狩獵者如他都不一定能全身而退。皮拉歐與那些生物對峙過，甚至反過來壓制牠們。

「我有沒有跟你說過，我有一次同時跟三隻黑鷺鯨打架，還打贏了？」

他沒見過黑鷺鯨，但既然能被皮拉歐掛在嘴上，大概也不是什麼簡單的任務。

「碰。」

沉悶的撞擊聲響傳來，八叉鹿倒落在地，鹿首滿是血跡，脖頸歪折出奇怪的角度。

皮拉歐順手抹臉，卻將指掌的血跡全抹在臉上，他站在死去的鹿旁，雙眼微微泛出璀璨的藍光，臉上全是血痕，衣物同樣濺了不少鹿血，頗為詭異懾人。

他們不能被人看到，皮拉歐的模樣必定會引起不必要的恐慌。

哈德蘭用水沾溼毛巾，上前將皮拉歐的臉擦乾淨，又替皮拉歐洗淨雙手。皮拉歐直對著他笑開，藍眸泛光，刺眼得讓他忍不住伸手蓋住那雙過於引人注目的藍眸。

漁人連忙再次強調，「哈德蘭，你看我又贏了。當我的伴侶吧，你不會吃虧的！」

哈德蘭端詳皮拉歐，漁人怡然自得地站在毫不熟悉的地域，絲毫不因短暫失去視覺而不安。究竟是怎麼樣的戰績能培養出他如此堅強的信心？

「皮拉歐，你有打輸過嗎？」

漁人嗤笑，一把抓下哈德蘭的手掌，直視狩獵者，「我只跟王打架，而且我會贏。」

哈德蘭凝視皮拉歐的笑容。在厄斯里山那時，他警告過皮拉歐切莫低估伊爾達特的生物，現在看來他得收回那句話，皮拉歐的自信有其根據。

他一直都知道自己深受漁人強健的體魄與膽識吸引，甚至默許漁人的侵略行為，他已經太久沒有和他人產生如此親密的連結與接觸，不得不懷疑自己對皮拉歐的縱容只是因為感到寂寞。

但此刻，看著剛剛擊殺一隻壯年雄鹿的皮拉歐，漁人的衣袍還染著鹿血，卻只顧著向他邀功，那應該是讓成年男性都會愀然變色的景象，他卻忍不住想微笑。

只要看到活力十足又自信滿滿的漁人，他就心生愉悅。

他分明給不出承諾，話語卻比腦袋更快一步滾出舌尖，「如果你現在跳求偶舞，我會慎重考慮。」

皮拉歐精神一振，他伸手丈量周圍樹木的距離後，喃喃道：「只能跳精簡版。那也是種挑戰。」

他哼著哈德蘭從沒聽過的音樂形式——那或許只能稱為特殊氣音與簡單的單音組合，同時岔開雙腿，將身體後凹成漂亮的圓弧。

這是起舞的姿勢，哈德蘭見過一回。

接著皮拉歐單手撐地，圍著他的戰利品跳了一圈，再交互後空翻，所有的舞步全圍著那頭死鹿。那該是個詭異的場景，皮拉歐的求偶舞卻讓整齣表演變得神聖而莊嚴，宛若獻與上天的祭禮。

這和哈德蘭上次看到的求偶舞截然不同，卻比見過的所有社交舞都要精彩。

繁茂的枝葉間漏進晨光，灑落在漁人泛紅的薄鰓上，將那片薄如蟬翼的透綠薄鰓鑲上金邊，分外美麗。

他無法移開視線。就算不是華爾滋，就算不在皮拉歐的懷裡轉上一圈，他也無法移開視線。

一舞既畢，哈德蘭低聲問：「這是？」

「漁人祭典時跳的祭祀舞，又稱『本心之舞』。獻給我們理斯家族最崇敬的祖先伊薩克振。」皮拉歐柔聲說，「我們會將自己所能獵捕到最好的獵物展示於漁人祭典，以此表示我們對家族的忠誠，我現在把這隻獵物和本心之舞獻給你。」

哈德蘭的心跳愈來愈快，忽然想阻止皮拉歐說出下一句話，「等——」

「此刻，我把家族的忠誠獻給你。」皮拉歐單膝下跪，右手橫放在自己的心口處，「也將我的本心獻給你。」

那個承諾太重，哈德蘭啞口無言，心臟漲滿了難以言喻的情緒。

風過無聲。此時哈德蘭身後，一根極細的絲悄無聲息地從樹上垂下來。

「提姆小子沒為難你吧？」盧考夫抽了一口菸。

「看在艾蕾卡的分上，沒有。」法恩斯一邊留意貴族們的動向，漫不經心地回應，「之前哈德蘭跟我提過，我還不相信。」

「哈德蘭提過什麼？」盧考夫皺起眉，風將他吐出的菸霧吹向法恩斯，引得後者一陣嗆咳。

「五年前，哈德蘭要離開埃德曼莊園搬到紐哈達特，我問他，難道他忍心丟下艾蕾卡，將她留給一個性格反覆無常的神經病？」法恩斯壓低聲量，對於必須形容姐夫的惡劣感到不安。

「形容得真精闢。」盧考夫不以為意，「真不明白老埃德曼爵爺為什麼最後會同意將爵位留給他，而不是哈德蘭。」

「我們都不知道哈德蘭那時候能不能活下來，老埃德曼爵爺只是做了最壞的打算。」法恩斯倒是能體會老爵爺的決定，那位德高望重的老人家接到哈德蘭重傷不治的消息時，瞬間蒼老了十歲。

「哈德蘭撐過來了，他可是我們這一期最優秀的狩獵者。不，他是探險隊公會最優秀的狩獵者。」盧考夫信誓旦旦地說。

「他們沒有像我們對哈德蘭那麼有信心，就連艾蕾卡也——」法恩斯搖搖頭，他不怪艾蕾卡不信任哈德蘭，艾蕾卡可是親眼目睹哈德蘭在她眼前被黑螯蠍完全刺穿，當時哈德蘭血流如注，誰也沒把握哈德蘭能再醒來。

「不提這個。」盧考夫轉移話題，「諾埃克森公爵沒出來打獵？我不記得有看到他。」

「拉欽和米夏蘭斯基公爵留在莊園內，他們大概有事要談。」法恩斯聳肩，「這挺罕見的不是嗎？他一向討厭提姆斯基，如果不是為了探望艾蕾卡，他甚至不願和提姆斯基待在同一個房間裡。」

「哈德蘭如果在這裡，大概會說，我們都得學著接受不如意的事。」盧考夫倒出菸斗內的菸草。

「哈德蘭一向很有智慧。」法恩斯微笑，「我真的很遺憾他不是我的姐夫。」

「我也很遺憾必須見證那場不被祝福的婚禮。」盧考夫陰沉地說，「哈德蘭當時跟你說過什麼？」

「他說，艾蕾卡是提姆斯基的解藥，有她在，提姆斯基不會胡亂處罰下人與佃農，反而會做個稱職的埃德曼公爵，管理好埃德曼莊園——」

法恩斯忽然搭弓射向跑過眼前的野兔，獵物應聲倒地。他收起弓箭，拎著野兔的長耳朵，半開玩笑道：「現在看來，他確實說對了。幾年前，我都沒想過能在這裡隨意打獵。」

盧考夫抽了抽鼻子，隨即望向天空，「讓大家回莊園吧，就要下雨了。」

「是場大雨。」他喃喃地說。

遠方的樹林突然傳來一陣尖銳的哨響，法恩斯驚愕地望向盧考夫，「是哈德蘭，樹林有危險！」

「先帶大家離開！」盧考夫當機立斷，「哈德蘭會照顧好自己。」

斯堪地聯邦冒險手記

CHAPTER FOURTEEN

第
14
章

The Tales of Skandia Federal

探險隊公會固定每年年初更新狩獵者積分榜，榜上前十名將自動晉級為一級狩獵者。這十五年來，積分榜的排名屢屢變動，但唯有一人年年出現在積分榜前十名。

若訪問哈德蘭，他會說，這得歸功於他過人的野外求生直覺。

第一條細絲在身後垂下時，他被皮拉歐的本心之舞引開注意力。第二條細絲垂下時，他下意識轉身，正好對上一雙黃澄得驚人的雙眼。他本能地向後跳開，那隻和他等高的巨大蜘蛛已然放棄隱藏身形，從樹上落到地面，貪婪地凝視他。

哈德蘭第一反應是吹起尖銳的口哨，意圖警告法恩斯與盧考夫。高頻的音律卻刺激了眼前的掠食者，牠張開口器，黏稠的體液從口器中滴下來落在草地上，草苗瞬間泛黑。

皮拉歐立刻將哈德蘭拉到自己身後，「別靠近，牠的唾液有毒。」

「顯而易見。」哈德蘭喃喃道，「埃德曼莊園不應該會出現這種變異生物。」

他瞥向身後的死鹿，那隻八叉鹿巨大得超過一般雄鹿的尺寸。這些巨大生物突然出現在埃德曼莊園相當不尋常，他必須提醒探險隊公會派遣狩獵者，到各地莊園探查是否也有異變橫生。

他迅速射出兩支羽箭，正中巨蛛的雙眼，黃澄色的體液瞬間噴濺。哈德蘭往後跳開，一落地，他卻看見皮拉歐站在原地。

漁人側首瞧他，露出奇異的微笑，「哈德蘭，看著。」

「皮拉歐！」他喝道。

皮拉歐跳上巨蛛背部，對著巨蛛受傷的雙眼猛擊數拳，他的指掌全是巨蛛的體液。他將巨蛛往後拉扯，讓巨蛛向後翻倒，八足騰空露出腹部，巨蛛朝空中噴出蛛絲，皮拉歐立刻躍開，蛛絲全覆蓋在巨蛛身上。

哈德蘭射出三支羽箭，重創巨蛛下腹。巨蛛猛力掙扎，哈德蘭對準巨蛛的腹部再度擲出卡托納尖刀，將巨蛛釘死在地。

巨蛛的八足逐漸僵直，哈德蘭謹慎地上前，確認巨蛛完全死透。

危機一解除，他沒好氣地朝皮拉歐叫道：「過來。」

皮拉歐不明所以，他停在距離哈德蘭兩步遠處，解釋道：「別靠我太近，牠的體液有毒，我怕你受傷。」

哈德蘭嗤笑，「手伸出來。」

皮拉歐聽話地伸出雙手，哈德蘭淋了他滿掌的水，洗淨漁人指掌上的巨蛛殘液，這才靠近漁人。他見到皮拉歐無辜的神情，一股悶氣再度湧上來，「你知道蜘蛛有毒，為什麼不躲開？」

「為什麼要躲開？」皮拉歐納悶地反問，「你在我後面。」

哈德蘭屏息，旋即板起臉，「你不用擔心我，顧好自己就好，無論我是不是在你身後，你都應該躲開毒液。」

皮拉歐搖頭，「無論你是不是在我身後，我都不會躲開。」

他端詳身上滿是蜘蛛體液與鹿血的衣物，小心翼翼地望向哈德蘭，神情帶著一絲討好，「我把衣服弄髒了。」

今日他特地選擇繞到生物的背後進行捶擊攻勢，花了比預期更多時間，雖遺憾不能將最勇猛的一面展現給哈德蘭，但皮拉歐更在意哈德蘭對衣著整潔的要求。他還記得哈德蘭氣勢洶洶地要求他絕不能毀壞衣物。

哈德蘭隨意擺手，「先別管衣服。」

他懷疑漁人從來沒搞清楚重點是什麼，「什麼叫你不會躲開？你知道那東西有毒也不躲？」

「閃躲就輸了。強者從不閃躲，只會正面迎擊。」皮拉歐漫不經心地拉平衣物的褶皺，力道控制不當，反將上衣拉出摺痕。

他反射性看向哈德蘭，哈德蘭似乎毫不在意他的魯莽，他頓時心情輕鬆地扛起死鹿，回頭朝不遠處的狩獵者咧開嘴。

「哈德蘭，我承諾過會向你展示我的能力。我會證明給你看，我是最強的，我不會閃躲任何攻擊。」皮拉歐一字一句地說，「在你面前，我絕不會輸。」

哈德蘭緊盯著皮拉歐。

自從搬到紐哈達特，他已經許久沒有感受到過於炙熱的情感，他的情緒隨著當地氣候凝結成冰冷的雨，夜夜淌下屋簷與窗框，沉進寒涼的土地。但此刻在胸口湧動的情緒宛如溫熱的海流，幾乎讓他溺斃。

他明明打算拒絕漁人的求偶，卻反而說會考慮。他明明打算拒絕漁人的親暱，卻反而任對方為所欲為。

為什麼碰上皮拉歐，他所有的原則都開始妥協？

皮拉歐說自己絕不會輸——意味著絕不會死去。這是他畢生聽過最動聽的承諾。

晨光偏移，落在皮拉歐身後，將漁人與獵物襯出燦金的輪廓。他的喉結滑動，滿腦子除了用力親吻皮拉歐之外，再也沒有其他思緒。

無人打擾的片刻，兩人的身影重疊，巨鹿從皮拉歐的肩胛滑落，哈德蘭的指掌插進皮拉歐銀白的髮絲，一手撫過漁人頸側的薄鰓，皮拉歐粗喘一聲，舌頭衝進哈德蘭嘴裡，捲住哈德蘭的舌，哈德蘭順著他的意放鬆戒備，任漁人反覆吸吮。

或許，他脫口說出會慎重考慮皮拉歐的求偶，並不是一時口快，而是目前他所能回饋給皮拉歐最誠摯的心意。

盧考夫對天氣的預測從沒出過錯。

埃德曼莊園外大雨滂沱，雷聲轟隆，從大片的落地窗往外望去，天色陰沉，厚重的雲朵相互堆疊，看不見一絲藍天。

「哈德蘭和皮拉歐還沒回來？」艾蕾卡第三度詢問伊修達爾。

後者剛點亮從大門延伸到宴會廳的煤油燈，輕輕搖頭，「尚未，夫人。」

「你說聽到哈德蘭的哨聲，為什麼沒去找他？」艾蕾卡轉向法恩斯，語氣不自覺地加重。

「哈德蘭的哨音是警告，不是求救……」法恩斯久候不到哈德蘭，不禁懷疑自己當初的判斷出錯，「我去找他！」

「別浪費時間。連他都處理不了的麻煩，你去能幹嘛？」提姆斯基冷淡地阻止。

他給伊修達爾一個眼神，伊修達爾立刻奉上早已備好的熱玫瑰花茶，「夫人請用。」

「不用了。」艾蕾卡微微扯唇，拒絕老總管的好意，「法恩斯，你還是去看——」

大門「吱呀」一聲敞開，兩人的身影立在風雨之中。陰暗的天色模糊來者的輪廓，僅能瞧見其中一人有雙奪人心魂的璀璨藍眸，但凡瞧上一眼，就能讓人心神不寧。

「怎麼全站在門口？」哈德蘭低聲問。

他的聲音在風雨之中帶著朦朧的回音，毫不真實，一時間，眾人竟錯以為站在這裡的是兩抹浮在濃霧中的幽魂。

「夫人，進去裡面吧。」提姆斯基環上艾蕾卡的腰，順勢將她往裡帶。他痛恨任何能吸引她注意力的人事物，除了他自己。

艾蕾卡走了兩步才回神，她側身朝伊修達爾吩咐：「帶他們去換衣服，獵物拖到廚房讓馬歇爾處理。」

「伊修達爾很能幹。」提姆斯基半強迫地帶著艾蕾卡走向宴會廳，「妳不如想想待會如何解釋哈德蘭的『朋友』的來歷。」

以艾蕾卡的視角，僅能瞧見丈夫緊繃的下顎。男人的膚色雖然偏白，但長相斯文俊秀，又擁有世襲爵位，坐擁偌大的埃德曼莊園，若非他過往的惡劣名聲，必然位列適婚名媛的佳婿名單前三名。

事實上，提姆斯基足以求娶任何人，艾蕾卡至今仍不明白他執著娶自己的原因。她雖是諾埃克森家的長女，現任諾埃克森公爵的親妹妹，但她與哈德蘭年少便脫離家族庇護，前往探險隊訓練營闖蕩，是貴族中的異類。

提姆斯基若想採取貴族聯姻擴大家族勢力，必定有更好的選擇，這樁婚姻對他的助益不大，她大哥甚至至今仍對提姆斯基冷眼旁觀。

她猜測這樁婚姻是為了羞辱哈德蘭。

但無論如何，她既然嫁給了他，就會把他當成丈夫愛戴，不打算隱瞞，「我昨晚就說過，皮拉歐是——」

「不是對我。」提姆斯基驟然打斷她，「是對他們。」

艾蕾卡偕同提姆斯基踏進宴會廳的那刻，察覺到所有人探詢的視線。

「漁人小子太招搖了。」提姆斯基陰冷地說，「招搖的人通常死得快。」

艾蕾卡繃緊神經，頓時想起伊爾達特出口那場劫殺，她憂心地低喚：「提姆斯基。」

「妳太晚通知我。社交季邀請的貴族太多，他待在莊園比在樹林裡更危險。」提姆斯基擁著她開第一支舞，他的聲音藏在露西塔安圓舞曲中，安放在她身後的指掌撫過鏤空的後背，引起她陣陣戰慄。

「他是哈德蘭的責任，不是妳的。」

艾蕾卡低喘口氣，提姆斯基驟然擁緊她，聲音帶著世襲公爵才有的魄力，「記清楚，妳的責任是我。」

大雨來得太過突然，豆大的雨滴打在哈德蘭的肩背，漁人擁住他的力道加大，頸側的鰓微微翕動，他的脖頸隨即感受到涼冷而微弱的氣流。

他推開皮拉歐，「我們回去吧，這裡不安全。」

皮拉歐對哈德蘭所謂「安全」的定義不置可否，他重新拖動自己的獵物，跟著哈德蘭走回埃德曼莊園。偌大的雨勢將皮拉歐身上的蜘蛛體液沖刷大半，他衣物上的鹿血也乾涸成深褐色，不似先前看起來那麼駭人。

哈德蘭不禁慶幸其他貴族早已返回莊園，沒看見漁人大開殺戒的場面。皮拉歐愈引人注目愈危險。

「哈德蘭少爺，你們真是太能幹了。」馬歇爾指揮皮拉歐將八叉鹿拖到定位，同時讚嘆，「我從來沒看過這麼大一頭鹿，我會把鹿頭掛在大廳作為裝飾，這組強壯又美麗的鹿角一定能驚豔那些貴族老爺們。」

哈德蘭心臟一跳，忽然意識到自己的疏忽，「其他人獵到什麼？」

「幾隻小灰兔，紳士們的雅興全被突然的大雨打壞了。」馬歇爾拿鋸齒刀在八叉鹿上比劃著，思量從哪裡下刀，「都沒有哈德蘭少爺威風。」

「這是皮拉歐獵到的。」哈德蘭開口澄清。他絕不會侵占他人的名聲，但若讓皮拉歐的戰績宣揚出去——

「馬歇爾，若是有人問起，你就說這是我獵的。」哈德蘭迅速改口，同時給皮拉歐一個安撫的眼神。

皮拉歐聳聳肩，毫不在意地道：「我獵的東西都是你的，就連我也是你的。」

哈德蘭陡然被皮拉歐隨口取悅了，他扯唇微笑，「先忍忍，會愈來愈好的。」

伊修達爾已將備好的衣物放在哈德蘭的臥房，兩人簡單洗漱後，回到宴會廳。

提姆斯基與艾蕾卡站在宴會廳一隅，哈德蘭帶著皮拉歐走向他們。路過侍者時，哈德蘭隨手拿起兩杯蜂蜜酒，將其中一杯塞到皮拉歐手上，「拿著，但是不要喝。」

皮拉歐敏銳地感覺到眾人的視線集中在自己與哈德蘭身上，每人手上都拿著一杯黃橙色的液體，「這是什麼？」

「蜂蜜酒。」哈德蘭的聲音僅在唇齒之間，他知道皮拉歐能聽得清楚，「你和人類看起來愈像愈好。」

「提姆。」他走到埃德曼公爵身前，打斷他與艾蕾卡的交談。

提姆斯基慢吞吞地抬眼，語氣帶著一絲輕諷，「哈德蘭。」

「皮拉歐，住得還習慣嗎？」艾蕾卡善盡主人的職責，殷勤地詢問。

「比伊爾達特好多了。」皮拉歐咧嘴笑道，「我喜歡妳的浴池。」

哈德蘭靠向提姆斯基，低聲道：「我需要你的幫忙。」

「真稀奇。」提姆斯基懶洋洋地說，「憑什麼？」

「提姆。」艾蕾卡警告道。

提姆斯基低聲咒罵，「你們很招搖。誰都看見了漁人小子拖著一頭巨鹿。就算那是你獵來的，他也得到太多目光，多到超乎你的想像。」

哈德蘭沉下臉色，「沒有其他辦法嗎？」

「辦法是有，取決於你的決定。」提姆斯基上下打量哈德蘭，眸裡閃動著哈德蘭熟悉的謀劃目光。

「什麼辦法？」哈德蘭提高警覺。

提姆斯基微笑，以湯匙輕輕敲擊酒杯，直到他吸引所有人的注意力。

「各位女士，我身為哈德蘭的兄弟，一直將他的幸福放在心上。今天，我鄭重宣布哈德蘭將在這個社交季尋找能夠締結婚姻的伴侶。如果各位女士對哈德蘭的成就不夠熟悉，我必須驕傲地向大家介紹，身為探險隊公會一級狩獵者長達十五年，是多麼大的榮譽。」

提姆斯基放下酒杯，在哈德蘭陰沉的臉色中咧嘴微笑，輕聲道：「盡你所能地吸引注意吧，把所有的目光都集中到你這裡來。」

哈德蘭反射性看向皮拉歐，漁人的臉上混合著半驚喜半惱怒的奇異神情。

數秒後，皮拉歐沉聲道：「哈德蘭，我絕不會輸。」

賽提斯的社交季是斯堪地聯邦貴族最受歡迎的社交方式，凡在社交季中舉辦的舞會，總會吸引大批貴族參加。仕女們尋找適合聯姻的對象，男士們則與其他家族交換情報。

老埃德曼公爵在世時會親自操持舉辦舞會，哈德蘭也參加過幾回。但自從他以埃德曼公爵繼承人的身分第一次參加舞會，被社交名媛纏得頭皮發麻後，總會尋找各種藉口躲避跳舞，導致提姆斯基不得不在老埃德曼公爵的勒令下，以杜特霍可家族成員的身分頂替他出席。

他看著堂弟惡意的微笑，知道這不過是遲來的報復。

算了，忍一忍吧。他放棄爵位，理當不在重視門第的家族聯姻候選名單上，身為沒有爵位又從事高危險職業的狩獵者，他不認為自己在婚姻市場上有多少價值。

他拉開嘴角，露出略顯僵硬的微笑，打算說點什麼來搪塞接下來乏人問津的場面。

「杜特霍可閣下晚安。」英格蘭小姐對他行了一個標準的仕女禮，「您覺得這個舞會如何？」

「杜特霍可閣下，不介意的話，能不能分享一些您的旅遊故事呢？」雪禮詩小姐展開摺扇，輕輕扇動。

「杜特霍可閣下，有沒有興趣跳支舞？」玫琪絡小姐撫摸著胸前的純金蠍獅墜飾，細長的指尖滑過鑲在蠍獅雙眼的綠寶石，在鎖骨處徘徊。

眨眼間，三名仕女擠到哈德蘭眼前，澄花混雜著香蜂草的薰香幾乎麻痺哈德蘭的嗅覺。他頭疼地揉著眉心，眼角餘光瞥見一絲綠芒，哈德蘭隨即對玫琪絡小姐行了一個標準的紳士禮，「玫琪絡小姐，請問您能賞臉和我跳支舞嗎？」

「我的榮幸。」玫琪絡小姐從容優雅地將手疊在哈德蘭的掌心。

哈德蘭視線不經意掃過玫琪絡小姐的胸口，那兩顆綠寶石想必是極好的礦石，能在微弱暈黃的燭火下折射出璀璨的綠芒。他聽聞有些貴族會將蠍獅墜飾隨身攜帶以保平安，但像玫琪絡小姐這樣直接將蠍獅戴在胸前的卻很少見。

哈德蘭在第一個迴旋之後開口：「還沒問候玫琪絡子爵，他的腿好多了嗎？」

他記得玫琪絡子爵在上個社交季墜馬傷了左腿，有一陣子走路微跛。

「兄長過得很好，他上個月還能出城去打獵呢。」玫琪絡小姐輕笑，「謝謝關心。」

「聽到玫琪絡子爵能打獵真是太好了，但請務必小心。」哈德蘭叮囑道。

「他現在很注意，都不敢騎快馬。」玫琪絡小姐輕笑。

兩人默默共舞一陣子，玫琪絡小姐打破僵局，「杜特霍可閣下，您很在意我的墜飾，我能知道為什麼嗎？」

「我只是有點意外，近期黃金的價格很高，很少看到這個尺寸的純金飾品，墜飾使用的綠寶石也是最高評級。這枚墜飾很能襯托您，玫琪絡子爵為了這枚墜飾應該花費不少心思。」哈德蘭微笑著恭維。

「我已經告訴兄長請他不要多為我費心，但他很固執。」玫琪絡小姐的語氣帶著三分歉然與七分無法掩藏的炫耀嬌態。

「你們的感情很好，他是什麼時候替您準備這項禮物的？」哈德蘭問。

「大概是幾個月前。就我所知，當時黃金的價格不如現在這麼驚人。」玫琪絡小姐適時解釋，「兄長對於開銷有自己的盤算，他也有一個類似的袖釦。」

「玫琪絡子爵向來很懂得規劃財富。」哈德蘭客氣地恭維一句，便不再開口，專心跳舞。

玫琪絡小姐摸不准哈德蘭的心思，她思索著日常與兄長的閒聊，找了個話題。

「兄長上週提過，斯堪地聯邦近期有意收購黃金。」她笑道，「若是他早一步得知消息，也許就不會打造這個墜飾給我了。」

「原來如此。」哈德蘭話鋒一轉，「我很少看見女士配戴蠍獅墜飾，所以有些意外，才冒昧多看它幾眼。」

「兄長頗受腳傷之苦，後來他開始配戴與摩羅斯科大人相關的信物，腳傷奇蹟似地好轉，才決定替我和家母訂製蠍獅飾品。」玫琪絡小姐赧然承認，「您知道的，若是配戴與摩羅斯科大人相關的信物，就能得償所望。」

「我確實聽過這種說法。」哈德蘭饒有興致地問，「您這枚墜飾的雕工相當精巧，不像一般聖堂提供的樣式。」

「兄長特地找到一位專業的聖堂駐手製作這枚墜飾，莫索里男爵與雪禮詩伯爵都曾委託過這位聖堂駐手。」

哈德蘭垂下眼，「您是否知道誰替玫琪絡子爵牽線？」

「這我不太清楚，就我所知，不少爵爺都是他的客戶。」玫琪絡小姐輕柔地提議，「杜特霍可閣下，若您有興趣，我可以請兄長介紹這位聖堂駐手給您。」

哈德蘭露出溫和的微笑，並未答話，他握著玫琪絡小姐的指尖，讓她在自己的懷裡轉圈。柔和的樂曲來到尾聲，他擁著玫琪絡小姐的背，在她耳邊輕聲道：「麻煩您了，我很有興趣。」

一舞結束，玫琪絡小姐的耳廓微微泛紅，她行了個仕女禮，轉身離去。

哈德蘭藉故返身拿一杯蜂蜜酒，靠近提姆斯基，低聲問：「為什麼斯堪地聯邦要收購黃金？」

提姆斯基正替艾蕾卡調整她背後的綁帶，他微微扯動唇角，不耐地回答：「黃金盞的效用減弱了，老傢伙們擔心自己有天會忘記呼吸，他們需要更多黃金來維持健康。」

「什麼時候的事？」哈德蘭沉聲問。

結。

「上次的貴族例行聚會。」提姆斯基仍舊漫不經心，致力於打出一個漂亮的玫瑰花

「提姆斯基。」哈德蘭壓低聲量，「在那之前，黃金的價格就已經很高了。」

他記得皮拉歐找上他的隔天，《大聯合報》就通告黃金價格漲到歷史新高。

「嗯哼。」提姆斯基懶懶地應聲，他按住艾蕾卡的肩阻止她回頭，才慢吞吞地看向哈德蘭，「那你還站在這裡做什麼，一級狩獵者？盡好你的責任把這些查清楚。」

哈德蘭深吸一口氣，忍住脾氣，回給艾蕾卡一個「不用擔憂」的眼神，「我需要你的幫忙。」

「這是今天晚上我第二次聽見這句話，比過去二十五年加總起來的次數都多。」提姆斯基拉緊綁帶，完成精巧的玫瑰花結，他對自己的手藝頗為自豪，「夫人，妳看起來真完美。」

艾蕾卡終於能轉身支援哈德蘭，她難得軟下聲調，「提姆。」

提姆斯基垂眼看她，「別，別為了他這樣跟我說話。」

他轉向哈德蘭，「把你的要求說出來，我會考慮。」

「玫琪絡子爵找了個聖堂駐手打造蠍獅的黃金墜飾，我聽玫琪絡小姐說，不少貴族

都是他的客人。我需要知道是哪些貴族，他們都訂了什麼。」哈德蘭放輕音量，「我懷疑有人暗中收購大量的黃金，但線索正好被斯堪地聯邦收購黃金的計畫掩蓋。」

此時一位侍者經過，提姆斯基替艾蕾卡和自己各拿一杯蜂蜜酒，「收購黃金不是大事。」

「也許有人不想讓斯堪地聯邦的貴族使用黃金盞？知道黃金盞祕密的人一定是個貴族。」哈德蘭的心臟怦怦直跳，直覺告訴他這其中必有隱情。

「你的推論沒有任何依據。」提姆斯基懶散地道，「我會幫你打聽。」

「謝了。」哈德蘭鬆了口氣，提姆斯基既然答應，就會做到。

「別站在這裡礙眼。為了你的漁人伙伴，你最好繼續當隻招搖的孔雀。」提姆斯基往右前方偏了偏頭，哈德蘭順著他的視線望過去，已經有不少貴族聚集到皮拉歐身側。

「操他摩羅天的。」哈德蘭低聲咒罵，逕自穿過人潮走到皮拉歐身側，朝其他貴族微笑，「紳士們，失陪了。」

他扣住皮拉歐的手腕，將漁人一路拖到提姆斯基與艾蕾卡身側，「你跟他們待在一起，別亂跑。」

「哈德蘭，我也要跟你跳舞。」皮拉歐反握住哈德蘭的手腕，「你要徵婚，我不會認輸。」

哈德蘭用了一點方法掙脫皮拉歐的掌控，視線掃到提姆斯基略帶興味的眼神，沉聲警告：「什麼也別說。」

提姆斯基眼眸微彎，柔和他的五官，乍看就像個脾氣溫和的青年貴族，只有熟知他本性的哈德蘭知道，這個男人只是表現成熟到足以掩蓋他敗絮其中的個性。

「快展現你的個人魅力，哈德蘭孔雀。」提姆斯基懶洋洋地催促道。

哈德蘭在離開之前，留給皮拉歐一句警告，「你別參與這場鬧劇，安分待在他們倆身邊，別落單。」

「但是——」

「噓。」哈德蘭靠近皮拉歐，輕蹭漁人後頸的薄鰓，在皮拉歐耳畔呢喃：「別鬧脾氣，舞會結束後再陪你玩。」

他的臉頰微熱，不敢多看皮拉歐，再度走進宴會廳中心的社交圈。

出乎他預期的是，多位仕女即刻圍到他的身邊，他掛著禮貌的微笑，視線掃過仕女們身上的飾品，尋找與黃金蠍獅有關的裝飾。

「雪禮詩小姐，請允許我與您共舞一曲。」他停在雪禮詩小姐面前，紳士地伸出手掌邀舞。

「我很榮幸，杜特霍可閣下。」雪禮詩小姐將手中的摺扇交給她的女伴莫索里小姐，搭上哈德蘭的掌心。

約斯托樂曲是一首節奏較快的舞曲，雪禮詩小姐踏著輕快的舞步，一左一右一前一後，與哈德蘭以絕佳的默契配合。

哈德蘭露出讚賞的微笑，「您的桑托舞學得極好。」

比起步調緩慢優雅的華爾滋，快速熱烈的桑托舞一向更對哈德蘭的胃口。

「閣下也是。」雪禮詩小姐的笑容增添幾分真誠，「您的桑托舞跳得比其他紳士們更俐落。」

哈德蘭自謙道：「我是粗鄙的狩獵者，自然都把時間花在難登大雅之堂的地方。」

「能坦率自嘲的人，一向擁有高尚的品格。」雪禮詩小姐眨了眨眼，順著節拍作了一個迴旋，她手腕上的手鍊隨著旋轉飛揚。

哈德蘭伸手握住她的手腕，將她擁到懷裡，「雪禮詩小姐，您的手鍊真是美極了，請一定要告訴我這條手鍊的來歷。」

整個晚上，哈德蘭數不清跳了幾支舞，愈跳心愈沉。大部分的貴族仕女身上或多或少都戴著同一位聖堂駐手製作的黃金鱟獅飾品，這絕不是偶然。

舞會接近尾聲，哈德蘭往角落看，提姆斯基與艾蕾卡正在共舞，皮拉歐不見蹤影。

哈德蘭穿過人潮，走到兩人身側，低聲問：「皮拉歐呢？」

「他說要先回房。」提姆斯基微掀眼簾。艾蕾卡趕在哈德蘭惱怒之前解釋：「我讓伊修達爾陪皮拉歐回去，你不用擔心。」

「謝了，艾蕾卡。」哈德蘭放鬆下來，與提姆斯基交換情報，「玫琪絡子爵、雪禮詩伯爵、莫索里男爵、貝卡子爵、哈爾登侯爵、薩爾男爵都是那個聖堂駐手的客人。」

「聽起來他已經滲透進斯堪地聯邦的貴族圈。」提姆斯基垂眼，「夫人，妳想不想也要一個？」

艾蕾卡通常不輕易接受提姆斯基過於貴重的贈禮，但凡事總有例外，「好辦法，我們能用這筆交易與那位聖堂駐手搭上線。」

「嘖。」提姆斯基輕嗤，扣緊艾蕾卡的腰，「夫人，別老想著別的男人。」

艾蕾卡早已習慣丈夫的陰陽怪氣，她熟練地輕拍提姆斯基的胸口，「他們都不能與你相提並論。」

輕描淡寫的一句話就讓提姆斯基的心情由陰轉晴，他難得對哈德蘭和顏悅色，「抓到那個聖堂駐手再通知你。」

哈德蘭沒心情看埃德曼公爵夫婦打情罵俏，「我先失陪。」

艾蕾卡目送他遠去的身影，憶起方才仕女們間的碎語，忍不住嘴角的笑意。

「夫人，別再盯著他。妳的丈夫在這裡。」

不出所料，提姆斯基隨即勒住她的腰。

「你剛剛就預料到這種情況了嗎？我沒想到哈德蘭會在未婚仕女間這麼受歡迎，畢竟有些家族很看重世襲爵位。」艾蕾卡對著丈夫耳語。

「我不知道。反正一定可以看到哈德蘭的好戲。」提姆斯基不懷好意地低笑。

艾蕾卡不滿地戳了戳他的後腰，被提姆斯基抓住手指細細摩挲，他抬眼看向她，改口道：「若妳想跟我分享，我很樂意聽。」

「如果你有注意到的話，比起爵位，那些對哈德蘭有興趣的仕女們更在意別的，比如他沒有一位苛刻的母親，比如他比許多看似風光的貴族更有錢，也比平民更有社會地位，比如他沒有一座大莊園與封地需要管理，而且常年不在家，他的妻子能盡其所能花光他的錢。」艾蕾卡掩著嘴說。

「比他有錢又沒有挑毛病父母的單身貴族也不是沒有。」提姆斯基咕噥道。

「如果你說的是薩爾男爵，他都可以當那些小姐們的爸爸了。」艾蕾卡輕咳一聲，「這些條件分開來看都可以找到更好的人選，但全組合起來，哈德蘭確實是個適婚對象，對那些足夠『務實』的仕女們來說。」

「那也要她的家族答應。」提姆斯基實事求是地指出事實。

「如果我沒生下一個兒子，而她與哈德蘭結婚又生下兒子的話，你想埃德曼公爵的爵位在你死後會落在誰的頭上？」艾蕾卡沒好氣，「說不定哈德蘭一有兒子，你就會在哪天死於非命。」

提姆斯基輕咳一聲，「夫人，那我們得繼續努力。」

哈德蘭打開臥室的房門，隨即感到冷意。寒風從半開的窗戶吹進來，窗臺邊的長春花盆栽也被吹得左右搖晃。

皮拉歐以良好的平衡感坐在浴桶邊緣，雙腳在浴桶中打出水花，他用指掌翻轉裝著藍玫瑰的玻璃瓶，一聽見開門聲便抬起頭，「哈德蘭。」

「你今天很安分。」哈德蘭走到浴桶邊，視線隨著皮拉歐手上的玻璃瓶移動，「怎麼了？」

「人類很想要藍玫瑰，為什麼？」皮拉歐若有所思，「你們沒有藍金豎琴需要修復。」

「傳聞由藍玫瑰花瓣搾出的汁液能修復任何生物的傷口，使傷口完全消失。」哈德蘭並未隱瞞，皮拉歐早該知道他身上帶著的是一項人人覬覦的寶物。

「你也相信？」皮拉歐問。

「傳聞總是誇大其實，但人們寧願相信誇大其實的傳聞，也不相信醫官的醫囑。」哈德蘭心平氣和地說。

「這不是很荒謬嗎？」皮拉歐詫異地抬眼，哈德蘭站在他身側，從白髮間夾出一片花瓣。

「你們不也相信藍玫瑰能修復藍金豎琴？」哈德蘭用指腹揉捻那片粉色花瓣，「你開了窗戶。」

「那是先知凱西告訴我們的預言，不是什麼荒謬的傳聞。」皮拉歐立刻反駁，「我覺得很熱才打開窗戶。」

「在斯堪地大陸，藍玫瑰的傳聞也是從某位先知口中代代相傳。」哈德蘭的拇指指腹被染成粉紅色，清甜的香味逸散而開，「這是長春花的花瓣。傳聞中，久病不癒的病人喝下長春花瓣熬成的湯水，就能痊癒。」

他將姆指伸到皮拉歐的唇前，「舔舔看。」

皮拉歐用舌尖輕舔，「有點澀，感覺舌頭刺刺的。」

「它含有某些刺激人類身體的成分，這一小點分量就能讓一隻成年雪色獒嚎叫整個晚上。它對健康的人沒有壞處，但對長年臥病在床的病人，它的功效可大了。」

哈德蘭微微扯唇，視線掃向窗臺上盛開的花朵，「誇大其實的傳聞之所以廣為流傳，是因為人們相信傳聞有所根據。據說在許多年以前，一位昏迷許久的病人在某一天突然清醒，醫官研究之後，發現他的家人餵他喝的湯裡意外掉進一朵長春花，那可能就是病人清醒的原因。他的家人並不清楚那朵長春花是怎麼出現的，只能猜測是廚師在煮湯時，有叼著長春花的鳥類被湯的香味吸引，偷喝湯時，將長春花掉進湯裡。」

哈德蘭忽然話鋒一轉，「事實上，這株長春花確實能喚醒那些昏迷不醒的病人，讓他們短時間內能起身走動，恢復正常生活，卻不能真正治好病患。可惜它的功效被傳聞誇得太大，導致有需求的人們對它趨之若鶩，認為是久病之人的解藥。」

「但等病人喝了長春花的湯水，不就知道它真正的效用？為什麼那些誇大的傳聞會繼續流傳？」皮拉歐更加困惑，人類的邏輯通常不是直線行進。

「因為沒有多少人喝過長春花熬煮的湯水。就算這些人澄清事實，也不會有人相信。」哈德蘭側坐在浴桶邊緣，單腳斜撐在地，「皮拉歐，你明白問題的癥結點了嗎？長春花太難取得，愈難取得，大家就愈預期它具有神奇的效用。」

「如果只是讓久病之人短暫清醒，回復意識，不一定需要長春花。就因為它珍貴，難取得，名氣大，所以在口耳相傳之中，變成一種特效藥，這才是真的荒謬。」哈德蘭略微扯開嘴角，他的身影倒映在浴桶中晃動的水波上，將他的表情扭曲成難以言喻的難看笑容。

皮拉歐靜默一陣，「就像藍玫瑰？」

「也許在許久以前，真的有人被藍玫瑰治癒傷口，讓他的見聞得以代代流傳。」哈德蘭將沾了花朵汁液的指尖探入浴桶中洗淨。

皮拉歐凝視著在水中斷成兩截的指尖錯影，緩慢地問：「你覺得在斯堪地聯邦，藍玫瑰的傳聞被誇大了？」

「我不知道。」哈德蘭喃喃自語，「但我後來了解到，對有些人來說，不如讓他們維持一種記掛，會活得比較快樂。」

他的腦中不由自主地浮現今晚見過的數枚黃金蠍獅墜飾，不合時宜地比喻道：「那感覺大概像某種宗教信仰，愈虔誠，就愈容易滿足於記掛。」

皮拉歐的目光從泡在水中的指尖移到哈德蘭臉上，那雙璀璨的藍眸深邃如海，帶著某種來自大自然的沉重壓迫感。

在這一刻，哈德蘭強烈感受到漁人與水的深刻連結，他被那雙藍眸帶來的魄力壓得喘不過氣，狼狽地別開視線。

良久，漁人特有的嘶聲氣腔嚼著斯堪地語，「哈德蘭，你並不崇尚信仰，也不相信藍玫瑰的功效。那麼，你為什麼要陪我去找藍玫瑰？」

哈德蘭愕然地回望皮拉歐，這是漁人第一次問他這個問題。

漁人或許單純，但絕不愚蠢。他的單純剝除哈德蘭所有掩飾的說詞，直探核心。

「找到藍玫瑰之後，你是不是打算將藍玫瑰和我一起交給探險隊公會？」

斯堪地聯邦冒險手記

CHAPTER FIFTEEN

第15章

The Tales of Skandia Federal

「閣下，閣下。」

皮拉歐在人影靠近之前就意識到對方的存在，他緩緩側首，看見有點眼熟的圓潤少女。

少女侷促地握緊手中精巧的摺扇，見引起他的注意，目光快速飄移開，嘴裡囁嚅著：「閣下。」

皮拉歐環顧四周，不是很確定地問：「妳叫我？」

「嗯。」少女發出細若游絲的嗓音，「閣下，晚安。」

「有什麼事？」皮拉歐細細打量少女，對方別開視線，貝齒咬著下唇，胸膛微微起伏，彷彿是在蓄積與他對話的勇氣。

她強忍驚慌的模樣驀地勾起皮拉歐的印象，「妳是我們一起吃飯的那位——」

那位看到他吃魚時，忽然昏倒在餐桌上的女子。

「我感到非常抱歉。」少女嚥下唾液，她睜大雙眼看著皮拉歐，好似在逼自己不能移開目光，「那實在有失禮節，我真的非常非常抱歉。」

她緊張的模樣讓皮拉歐主動退後一步，「不用放在心上。」

「不行。」少女以一種超乎她勇氣的強硬態度道，「教父說，我一定要來道歉。」

那句話一說完便卸去她的勇氣，少女垂下肩膀，囁嚅半晌後強打起精神，「請、請接受我的道歉。」

她的堅持讓皮拉歐不由自主端正了臉色，「我接受。」

少女虛弱地扯開嘴角，露出小小的酒窩，「太好了，閣下果然如同教父說的一樣，是明白事理的好人。」

「妳的教父是？」皮拉歐頭一次收到來自陌生人的誇讚，對眼前的少女多了幾分好感。

「不好意思，尚未自我介紹，我真是太不懂禮數了。」少女的雙眼逐漸恢復靈動的神采，「我是敏麗．莫索里，家父是莫索里男爵，教父是柯法納索瓦公爵。教父對我昨晚的失禮頗有微詞，提醒我必須前來表達歉意。」

「我不在意，莫索里小姐。」皮拉歐咧開嘴角，「也謝謝妳的教父。」

莫索里小姐臉色微紅，她有些彆扭地扇動手裡的摺扇，「請叫我敏麗。怎麼稱呼閣下？」

「皮拉歐。」皮拉歐學著昨晚哈德蘭替他惡補的知識，禮貌地稱讚，「妳的摺扇很漂亮。」

「這是雪禮詩小姐的摺扇。」莫索里小姐的視線越過皮拉歐身後，看向正與哈德蘭共舞的仕女，「那位與狩獵者閣下共舞的，正是雪禮詩小姐。」

皮拉歐回身望向舞池中的那對男女，藍眸裡的光芒黯淡幾分，「她很漂亮。」

那會是哈德蘭喜歡的類型嗎？

莫索里小姐注意到他的目光，小心翼翼地問：「教父說，您和狩獵者閣下是很親密的朋友。」

「我是他的追求者。」皮拉歐糾正她的用字，「等一會也打算去跳舞。」

「噢。」莫索里小姐漲紅了臉，吶吶地道，「狩獵者閣下很受歡迎。」

皮拉歐不在意自己到底有多少競爭對手，「哈德蘭很好，他值得最好的伴侶。」

莫索里小姐思索著合適的態度，「您也是很好的人，狩獵者閣下必定早就明白您尚不廣為人知的優點。」

她的笑容變得更加真誠，「我要謝謝您，皮拉歐閣下。聽聞您替斯堪地聯邦找到傳聞中的藍玫瑰，連我都知道這是很大的貢獻，如果整個斯堪地聯邦知道您是發現者，他們都會感謝您。」

皮拉歐在數秒後才理解莫索里小姐的感謝，他遲鈍地問：「妳說什麼？」

莫索里小姐二度綻開嘴邊的小酒窩，「如果整個斯堪地聯邦知道您是藍玫瑰的發現者，他們都會感謝您的。您放心，教父跟我提過，斯堪地聯邦不會永遠埋沒您的功績。」

皮拉歐瞪著她，似曾相識的言語從記憶裡閃過。

「那個，你打算怎麼處置？連藍玫瑰一起送到探險隊公會？」

「我相信閣下必定會做出有利於斯堪地聯邦的決定。」

「探險隊公會的立場始終如一。」

那時他就在馬車外，聽到車廂內的兩人提起「藍玫瑰」，不過哈德蘭當時不欲多談，他自然沒有多想。

皮拉歐調轉視線，看向舞池中與貴族仕女共舞的哈德蘭，狩獵者專心地聆聽他懷裡舞伴的笑語，絲毫沒有打算分一絲注意力給他。

一旦把敏麗的話與當時馬車裡的對談結合起來，冰冷的寒意倏地席捲他的全身。

他的心臟瘋狂跳動，一幕幕畫面自眼前閃過，哈德蘭與他聯合擊殺黑熊，帶他進入伊爾達特，一路照料他、陪伴他，多次與他出生入死。哈德蘭甚至得到他的匕首「緘默」的認可，擊殺黑蟄蠍后，拿到藍玫瑰。

那全是騙他的？只是一場要得到藍玫瑰的詭計？哈德蘭為了藍玫瑰費盡心力，就是為了最後能將他和藍玫瑰一起送給探險隊公會？

所以他們必須要等到探險隊公會送來的指令才從紐哈達特出發，所以探險隊公會提供一切物資，還派遣艾蕾卡和盧考夫協助他們進伊爾達特探險。

而他們拿到藍玫瑰後，停留在埃德曼莊園休息，是因為哈德蘭的目的已經達到了，沒必要繼續陪他一同尋找黑虎羊。

尖銳的痛楚刺進心臟，皮拉歐仰頭將手中的蜂蜜酒一飲而盡，冷涼的酒液滑過喉嚨，落進腹部。他握緊酒杯，將玻璃杯捏碎，清脆的破裂聲被樂曲掩蓋，僅有少數人轉頭探看。

莫索里小姐大概是察覺到他的情緒，匆匆行了仕女禮道晚安，便飛快地離開現場。紛亂的情緒隨著酒液流進皮拉歐的身體各處，他的鰓完全張開瘋狂翕動，藍眸異常透亮，散出隱微的藍光。

宴會廳裡擠滿了人類，這裡的每一根梁柱上都點著燭火，沒有一扇對外的窗戶，空氣悶熱異常。往舞池望去，在舞池內擁舞的男女看起來異常刺眼，他注意到哈德蘭換了一個舞伴，狩獵者的四周圍滿虎視眈眈的貴族仕女，沒有他的位置。

他粗喘一口氣，炙熱的情緒瞬間冰冷。

埃德曼莊園的社交季展現了他和哈德蘭之間的差距。

哈德蘭穿著繁複精緻的服飾，擁著一個又一個的仕女在宴會廳中央翩然起舞，在閒暇時到領地打獵，時時都有僕人侍奉。這才是狩獵者的日常生活。

哈德蘭之所以暫別這一切，領他到伊爾達特，陪他出任務，不過是為了一朵藍玫瑰。

胸口那股劇烈的疼痛轉化成細細密密的小針，刺進心臟的每一寸，他張大嘴深深地喘息，無法再思考。

他想怒吼，想破壞，想撥動腦裡的琴弦，讓海流形成巨大的漩渦，將所有生物吞噬殆盡。

艾蕾卡在第一時間發現皮拉歐的異常。她隨即朝仕女們歉然一笑，拉著皮拉歐走向僻靜的角落，「怎麼了？」

皮拉歐的藍眸泛光，壓抑著情緒道：「我想回房。」

艾蕾卡有一瞬的暈眩，她快速甩了甩腦袋保持清醒，輕聲解釋：「哈德蘭在調查，不是真的對那些貴族仕女有興趣，你別在意。」

皮拉歐感到古怪地看著她，堅持道：「我想回房。」

艾蕾卡本能地感覺到一絲危險，當機立斷召來伊修達爾，囑咐他送皮拉歐回房。她心煩意亂地目送皮拉歐離去，直到大片陰影籠罩了她。

「艾蕾卡。」盧考夫輕鬆地打招呼。

「盧可，你玩得開心嗎？」艾蕾卡打起精神招呼他，「如果明天天氣放晴，我們打算在草地上打馬球，讓你大顯身手。」

賽提斯的社交活動對貴族而言習以為常，但平民出身的盧考夫對此難免陌生。若非狩獵是他的強項，他通常不會參與社交季的各類活動。

「我很期待。」盧考夫說得敷衍，「漁人小子是怎麼回事？我看他快把小姑娘嚇哭了。」

「大概是哈德蘭拋下他跟其他人跳舞，所以覺得被丟下了吧。」艾蕾卡並不清楚皮拉歐的情緒，但也不好解釋他與哈德蘭之間的曖昧，便找了個似是而非的藉口。

「哈德蘭不會一直做他的保姆，他總得接受現實。」盧考夫舔了乾燥的下唇，菸癮忽然湧上來，他摸著懷中的菸斗，「我去外面抽。」

艾蕾卡也不留他，她知道他在宴會廳外更加自在。

盧考夫穿過長廊，走到一扇對外推開的窗戶旁，比起宴會廳裡溫暖熱鬧的氣氛，他更偏好清冷潮溼的空氣。

他點起菸斗，對著窗外徐徐噴出一口菸，思索著皮拉歐今晚的狀態。他並非沒看出艾蕾卡的敷衍，也不是沒察覺到哈德蘭與皮拉歐之間的不對勁，但無論如何，漁人與狩獵者不該那樣相處。

皮拉歐的任性令他厭煩，哈德蘭的縱容也令他煩躁，他們只要一靠近彼此，旁人都能感受到他們之間有一股無法介入的氛圍。

不應該是那樣，這件事不應該發生。

他清楚記得艾蕾卡是為了誰才驚動黑蟄蠍，哈德蘭又是為了誰才被黑蟄蠍刺穿，喪失爵位與未婚妻。

他深深吐出一口濁氣。哈德蘭不願意接受他的道歉，艾蕾卡也不認為他當時做錯了決定，但一切會變成這樣，都源自於他的無心之舉。

他想要把這一切導回正軌，償還他的錯誤。

夜更深，寒風隔著玻璃窗在牆外呼嘯，宴會廳外的長廊兩端燭火搖曳，冷涼的氣流與幽深的長廊讓皮拉歐紛亂的大腦逐漸冷靜。

他跟著伊修達爾踏上迴旋階梯，走到熟悉的房門前。

「皮拉歐閣下，到了。」伊修達爾替他開門，將燭臺上的蠟燭點火，火光讓房內變得明亮，「有任何吩咐請再呼喚我。」

「伊修達爾。」皮拉歐叫住年邁的管家，試探道，「你認識哈德蘭很多年。」

伊修達爾平靜地答：「我在哈德蘭少爺出生的那一刻就認識他了。」

「你認為哈德蘭是什麼樣的人？」

伊修達爾避而不答，躬身退出，「皮拉歐閣下，晚安。」

「他會狡詐地欺騙別人，利用其他人達成他的目的嗎？」

尖銳的問題讓伊修達爾關門的動作一頓，「我不懂您的意思。」

「哈德蘭會為了達成目的不擇手段嗎？」皮拉歐不厭其煩地重複問句，帶著一絲細不可察的怒意。

「您的指控相當嚴重，這是一種侮辱。」伊修達爾罕見地厲聲道，「哈德蘭少爺是我見過心靈最真誠的人，他會為了探險隊公會交付的任務全力以赴，但決不會為了個人私欲使用任何不當的手段。」

皮拉歐的雙眸閃動著藍色的流光，伊修達爾微微躬身，「請恕我僭越。皮拉歐閣下，晚安。」

他不等皮拉歐回應，逕自離開。

房門一闔上，皮拉歐立刻感覺悶熱。他走到窗邊推開窗戶，窗外風雨交加，強勁的寒風將窗臺的盆栽吹倒，皮拉歐輕輕地將盆栽扶起，往內移動數吋。

他向窗外伸出手，豆大的雨珠伴隨著細小的碎冰落在手臂，炙熱狂躁的情緒不知不覺被寒涼的風雨冷卻。

他忽然想起在伊爾達特的日子，那一夜也下著狂風暴雨，他和哈德蘭併肩坐在帳篷裡，兩人靠得極近，在熟睡的盧考夫與艾蕾卡身側，隱蔽地交換了第一個吻。

那晚，狩獵者的眼睛裡是傾落的星河，他伸出手就能掬起滿掌的星光，當他吻上狩獵者的唇，洶湧的情感霎時淹沒了他，他在狩獵者的眼裡感受到湧動的情緒，他呼吸著狩獵者熱燙的喘息。

那些因他而起的生理反應不能模擬，無法掩藏。在那一刻，他們同樣清楚，彼此被同樣的欲望折磨，被同一個吻撼動。如果屏除一切猜測，檢視這段共同旅行的日子，他確實感受到哈德蘭擔憂他的傷口，感受到哈德蘭默許他的吻，感受到哈德蘭處處維護他。

皮拉歐從窗外收回手，一股聲音隨著心臟的搏動愈來愈大。

他不該憑著幾句毫無根據的猜測就否定哈德蘭的付出。也許最開始，哈德蘭答應帶他進入伊爾達特有自己的目的，但在他們共同旅行這麼長的時間後，他不相信哈德蘭所做的一切全是虛情假意。

哈德蘭的擔憂是真的，洶湧的情感是真的，生死與共也是真的。如果哈德蘭真的對藍玫瑰圖謀不軌，他也要聽哈德蘭親口告訴他。

「哈德蘭，找到藍玫瑰之後，你是不是打算將藍玫瑰和我一起交給探險隊公會？」

漁人壓抑著情緒發出特有的氣音，哈德蘭臉上閃過一絲慌亂，出乎意料的問句讓他瞬間失去鎮定，他的聲調降了三度，反射性地問：「是誰告訴你這件事？」

「這是真的嗎？」皮拉歐的目光閃動著堅決，固執地要一個回答。

哈德蘭深知他的回應至關重要，這嚴重考驗皮拉歐對他的信任，他不願意欺騙皮拉歐。

「皮拉歐，你聽我說。」他放慢語調，希望用最簡短的話語解釋整個情況，「探險隊公會已經跟我達成協議——」

忽然間房門被猛然推開，門把用力撞擊門後的牆壁，蓋過他解釋的尾句。盧考夫單手提著煤油燈踏入房內。

「哈德蘭，沒必要跟他解釋，我們不可能讓漁人小子把藍玫瑰帶走！」他毫不猶豫地抽出腰間的短刀，直往皮拉歐身上刺。

「盧考夫，把刀放下！」哈德蘭厲聲喝道。

他的制止快不過漁人與狩獵者的交鋒，兩人的攻擊發生在數個呼吸之間。

皮拉歐尖銳的指甲劃過盧考夫的手臂，盧考夫將手中的煤油燈往皮拉歐身上砸，漁人的下腹瞬間起火燃燒，皮拉歐發出尖銳刺耳的氣音，向後退了好幾步。

哈德蘭幾乎以為自己的心臟在瞬間停止跳動，他奮力將半滿的浴桶踢向皮拉歐，浴桶潑出冷水，澆熄皮拉歐身上的火焰。冰水瞬間蒸發，濃厚的白霧瀰漫整個房間，遮蔽眾人的視線，哈德蘭看不見皮拉歐的身影，僅能察覺隱隱約約的輪廓。

「砰！」

突兀的巨響從窗臺邊傳來，哈德蘭不顧右腳發麻，用力推開盧考夫，在白霧之中衝向窗邊。

宛如母親象徵的長春花盆栽翻倒，泥土灑了一地，他卻沒空關心。他探出半開的窗戶，細細碎碎的白色冰塊從空中落下，厚重的雨雲遮住星輝與月光，看不見任何生物。

「皮拉歐！」哈德蘭撕心裂肺地大吼，嚎叫在雨夜中遠遠傳開，在磅礴的冰雹中消散。

皮拉歐掉出窗外，隨之而來的失重感像回到最熟悉的北之海域，他茫然地揮動四肢，沒來得及做出任何反應就狠狠摔落在地。

他反射性將全身縮成一團，用身體護住裝著藍玫瑰的玻璃瓶，落地的疼痛讓他忍不住嘶出一聲痛呼。他掙扎著用雙臂撐起身體向前爬，密集的汗水混著落雨從臉上滑落，濺起的水聲宛如生命終止的倒數計時，他爬了幾步就撐不住，軟躺在地。

他喘過幾次呼吸，翻過身檢視下腹的傷口，那裡焦黑一片，細白的碎冰落在身上，他卻毫無感覺。極其罕見的驚慌重擊他的冷靜，他從沒受過這麼重的傷，再凶狠的野獸也沒有這種能耐讓他狼狽到無所適從。

如果現在出現任何生物試圖攻擊他，他沒有把握能反擊。

哈德蘭。他在心裡默念狩獵者的名字，彷彿那能幫助他安定心神。

哈德蘭。他回憶兩人之間的相處，回憶他們在浴池中唇舌交纏的繾綣，回憶哈德蘭俯下身吮吻他手臂缺失鱗片的傷口。

哈德蘭。下腹的疼痛擴散到全身，撕裂往昔回憶的每一個吻，一波又一波強烈的痛楚宛如數支鐵鑽持續攻擊他對哈德蘭的信任，他強行壓抑、不願思考的懷疑在心裡逐漸蔓延而開。

剛才皮拉歐沒有聽見哈德蘭的回答，卻只等到盧考夫的攻擊，那是不是來自哈德蘭的授意？

哈德蘭說，他和探險隊公會達成了協議，到底是什麼協議？是不是如他所想，探險隊公會出人出力，幫助哈德蘭進伊爾達特，讓哈德蘭把藍玫瑰帶回來給斯堪地聯邦？

當時哈德蘭在伊爾達特作為領隊，艾蕾卡或盧考夫都自發性聽令於哈德蘭。那麼，是不是因為他今晚終於看清真相，不願意交出藍玫瑰，哈德蘭乾脆指使盧考夫用火攻擊他？

惡火重傷了皮拉歐，奪走他一半的生命力，疼痛麻痺他的半身，他只能任由不願相信的猜測占領所有的思緒。

碎裂的冰雹擊打他傷痕累累氣力盡失的軀體，腦裡的思緒過於紛亂，以致於太晚察覺到生物靠近的聲息。野生直覺讓皮拉歐猛然睜開雙眼，蒙著臉的黑衣刺客手裡拿著一把眼熟的藍寶石匕首，直往他身上刺。

他在最後一刻翻滾身體，勉強避過致命的一擊。玻璃瓶不慎落下，他咬緊牙根，用盡氣力伸手握住玻璃瓶藏進懷裡。

在皮拉歐身後，出現第二名刺客手持長劍堵住他的去路。

他無力握起自己的匕首「緘默」防禦，僅能眼睜睜看著第一名刺客狠戾地揮動藍寶石匕首，刺向他的下腹。他無法抵抗那把來自故鄉的武器，鋒利的匕首劃開焦黑脆弱的皮膚，穿透了臟器，他像條瀕死的魚般不由自主地顫抖，卻將懷裡的玻璃瓶握得更緊。長劍刺穿他握著玻璃瓶的手背，玻璃瓶從他的手中掉落，瓶口碎裂，一片藍玫瑰花瓣飄落而出。

今晚或許是他的末日，但他絕不會坐以待斃。

皮拉歐忍著撕心裂肺的疼痛，趁著刺客從他的手上拔出長劍時，迅速用另一手握著玻璃瓶身，同時翻滾身體，避過刺客的第三波攻擊。

清晰的箭響忽地劃破空氣，尖銳的箭矢刺進第一名刺客的胸口，刺客睜大雙眼，緩緩向後倒地。第二聲箭響驀地襲來，第二名刺客閃身避開要害，銳利的箭矢刺穿他的右臂，刺客踉蹌地倒退，忍痛撿起那片飄落的藍玫瑰花瓣，拖著傷臂往森林深處跑去。

倉促的步伐踏著滿地的冰雹迎面而來，哈德蘭神情慌亂地跪在他身側，用撕裂的衣物纏住他的下腹，按壓他的傷口，語無倫次地反覆呼喚他的名字：「皮拉歐，皮拉歐，振作點，皮拉歐！」

一看見哈德蘭，過重的傷勢讓皮拉歐的怨氣與委屈全數傾洩而出，他嘶聲道：「哈德蘭，等我死了以後，再也沒有人能阻止你拿到藍玫瑰，一切如你所願。」

話一落下，他看見哈德蘭宛若被重擊般扭曲的表情，彷彿自己才是被匕首刺了兩刀的那個人。傷痛從狩獵者的眼裡滿溢而出，痛苦的情緒向外擴散，強烈得讓皮拉歐無法忽視。

哈德蘭為什麼會露出那種表情？痛得像世界末日？矛盾的情感撕扯著他，在釐清真相之前，夢魘將皮拉歐攫進了深處。

斯堪地聯邦冒險手記

CHAPTER SIXTEEN

第16章

The Tales of Skandia Federal

夜間的埃德曼莊園一隅，罕見的燈火通明。

皮拉歐仰躺在床鋪上，臉色蒼白，他潰爛的下腹已經拔除藍寶石匕首，敷著斯堪地聯邦的速效藥，但大量的鮮血很快染紅了紗布。狩獵者的雙眼布滿血絲，紅得嚇人。

駐守莊園的醫官只看了皮拉歐一眼，眼神透出悲憫，「他的傷勢太嚴重，我無能為力。」

艾蕾卡下意識抓緊提姆斯基的手，抱著希望問：「卡司爾，你一定還有其他辦法吧？任何方法都行，拜託你了。」

醫官卡司爾搖搖頭，「若是一般人，現在根本不可能還有生命跡象。夫人，我真的很抱歉。」

房裡是一陣窒息似的沉默。

「出去。」哈德蘭忽地厲聲道，「全都出去！」

「哈德蘭。」法恩斯瞥過身側一臉不置可否的盧考夫，艱澀地說，「卡司爾說他沒救了，我們盡力了。」

哈德蘭瞪著他，神色是前所未見的焦躁狠戾，「我說，所有人！全都出去！」

「哈德蘭……」艾蕾卡還想再勸，提姆斯基已經扯著她的手臂往外走，「我們先出去，這裡交給哈德蘭。」

艾蕾卡輕輕嘆氣，「哈德蘭，我們都在外面。若需要任何幫忙，儘管叫我。」

哈德蘭鎖上門，凝視昏迷中仍在不斷失血的漁人，皮拉歐流出的血讓他的心臟疼得發抖。

那個會在獵殺巨鹿後朝他笑得燦爛的皮拉歐，無論遭遇多麼凶猛的生物攻擊都游刃有餘的皮拉歐，現在卻在他眼前逐漸流失生命力，面臨生死關頭。

那不只動搖他的心智，更動搖他的信念。這些年來，他縮在封閉的心扉裡，不願敞開心房接受任何人，不過是因為忍受不了他愛的人比自己先離開這個世界，忍受不了關心的人再一次死在他面前。

他住在荒涼的紐哈達特，與大海為伴，遠離人群，只接探險隊公會發布的緊急任務。他孤身太長的時間，情緒早已隨著環境變得寒冷而疏離。

皮拉歐卻突兀地闖進他冰封的世界，以無所畏懼的姿態敲破他的心牆，以毫無敗績的勇猛贏得他對生命的信任，讓哈德蘭願意再一次相信，如果付出感情，再也不需隨時擔憂對方的生命消逝而心痛欲裂。

他已經習慣生活中有一個漁人用熱切的眼神注視他，用炙熱的情感燃燒他，用最誠摯的心請求他成為自己的伴侶。

而現在，他的摯友導致他的漁人瀕臨死亡危機，他的漁人強大得足以挑戰萬獸之王，卻因為盧考夫的舉動而輸給天性，輸給微不足道的兩名刺客。那對皮拉歐而言，簡直是一種恥辱。

哈德蘭無法克制自己對盧考夫生出怨恨，更無法制止自己陷入無止境的自厭。

如果他一開始就和艾蕾卡與盧考夫坦承，是不是這一切都不會發生？他的隱瞞與對盧考夫的信任，讓皮拉歐為他的錯判付出代價。

他絕不能忍受皮拉歐因此死去，尤其是因為他，特別是因為他。絕不允許！

哈德蘭焦躁地在房裡走來走去，視線不經意掃過漁人掌中的玻璃瓶，一束靈光乍現。藍玫瑰！藍玫瑰能修復所有的傷口！

他立刻動手扳開皮拉歐的指掌，漁人氣力盡失，左手卻牢牢緊握掌中的玻璃瓶，哈德蘭心急地冒出冷汗，快速思考對策。

他的目光停在皮拉歐繫於腰間的藍寶石匕首，驀地想起那把匕首曾在尋找藍玫瑰時產生反應。他鬼使神差地解下那把匕首，某種穩定而豐沛的熱流從刀柄流進身體裡，隨著血液流淌到四肢與心脈，他的心臟瘋狂跳動，感官被放大到極致。

一股預感，或說直覺，牽引著哈德蘭行動。他用藍寶石匕首劃開自己的左腕，熱燙的鮮血洶湧而出，他喘著氣，用鮮血沖洗皮拉歐焦黑滲血的下腹，兩人的鮮血混在一起，溢出的鮮血灑了滿床。

他不知道自己的血會不會起作用。

十年前，他與父親在伊爾達特遭遇黑蟄蠍后，他被大螯刺穿下腹而重傷昏迷，醒來時，只看見父親身上有著同樣的傷口，黑蟄蠍后的屍體倒在一旁。

哈德蘭曾經有所懷疑，直到今年再一次遇見黑蟄蠍后，他的懷疑得到側面的證實。假設每一隻黑蟄蠍后的心臟都長著一株藍玫瑰，那十年前，他的父親不可能傷重不治。除非那朵藍玫瑰已經用掉了，用在另一個命在旦夕的人身上。

那或許解釋了五年前他被黑蟄蠍的大螯穿身而過後，還有機會活下來。藍玫瑰成為他血肉的養分，在他身體裡保護他。

他倏地打了個寒顫，身體逐漸發冷，他不知道自己放了多少血，保險起見強撐起精神，將自己的血餵給皮拉歐。漁人在昏迷之中彷彿保有最低限度的自我意識，將流進嘴裡的血緩慢嚥下。

哈德蘭隨意用紗布將自己的傷口纏緊，觀察皮拉歐的下腹。半晌，皮拉歐的傷處似乎不再出血，漁人的呼吸漸漸恢復穩定，不似方才輕淺得宛如隨風消散的雲絮。

他膽大的猜測成真了。心神一放鬆，他頓時脫力地靠坐在床邊，彷彿過了將近永恆的時光，哈德蘭顫抖著撐起身體開門叫人。

艾蕾卡就守在門邊，門外還有提姆斯基、盧考夫、法恩斯與伊修達爾，柯法納索瓦公爵、米夏蘭斯基公爵與諾埃克森公爵也在。

哈德蘭扯開一抹微弱的笑容，對眾人道：「藍玫瑰用掉了。艾蕾卡，給我一套乾淨的床被，我今晚睡這裡。」

這幾句話幾乎用掉他僅剩的精力，他撐著門，垂頭靠在艾蕾卡的肩側，輕聲道：「艾蕾卡，幫我寫信把諾魯叫來，別辜負我的信任。」

艾蕾卡反手握住哈德蘭的掌心，用力捏了一下。哈德蘭放下心，門一關上，終於支撐不住滑落在地。

不久伊修達爾帶著一床新被敲門，卻沒得到任何應聲。艾蕾卡當機立斷地道：「直接進去。」

他們推門而入，看見倒地不醒冷汗直冒的哈德蘭。

艾蕾卡迅速檢視他的傷勢，哈德蘭全身只有左手腕的傷口，傷口處仍在不斷滲血。

艾蕾卡隨即在他的手臂上纏緊布條，減緩失血的速度，「伊修達爾，你去取碎冰，我們必須先幫哈德蘭止血。」

她大跨步到床前，將皮拉歐的狀況盡收眼底。漁人身下的床被染滿了血，下腹也是，但他的呼吸平穩，如果忽略滿床的血跡，乍看就像陷入沉睡。他的左手掌死死握著破損的玻璃瓶，那朵藍玫瑰還在玻璃瓶裡。

艾蕾卡憑著早年與哈德蘭的默契，快速掌握現況。她不清楚哈德蘭具體做了什麼，既然藍玫瑰還在，皮拉歐的狀況好轉就與哈德蘭大量失血脫不了關係。

不管怎麼樣，哈德蘭想要保護皮拉歐，她就會保護皮拉歐；哈德蘭想要隱藏藍玫瑰的下落，她就會隱藏藍玫瑰的下落，她會做哈德蘭最忠實的朋友。

「夫人，哈德蘭少爺的狀況很糟。」伊修達爾的臉色相當難看。哈德蘭失血過多，臉色慘白，呼吸相當微弱，與片刻前瀕死狀態的漁人極為相似。

艾蕾卡的下唇被她咬出深深的齒痕，「哈德蘭曾經受過比這更嚴重的傷，他一定會撐過去。」

伊修達爾重新搬起那床乾淨的棉被，「我替哈德蘭少爺換個房間，我們不能讓他躺在地上。」

「不。」艾蕾卡已經看透哈德蘭的打算，乾淨的床被是為了替換給皮拉歐使用，哈德蘭根本沒考慮到自己，「你再準備一套床組，哈德蘭不會想離開這個房間。」

在伊修達爾離開房間的片刻，艾蕾卡獨自替皮拉歐換好床被，將他的左手藏進絲被下方，覆蓋了藍玫瑰。

片刻後伊修達爾替哈德蘭搬來軟塌，隨即被艾蕾卡勒令去休息。

哈德蘭在更晚的時候發起高燒，艾蕾卡一整夜都陪在他身側，替他擦汗換毛巾。她多次打發提姆斯基派來接替她的女僕，執意留在哈德蘭房裡看護兩人。她雖然對哈德蘭有信心，但仍掩不住擔憂，整晚都未闔眼。

當第一束天光照進房裡，哈德蘭緩緩睜開眼睛。艾蕾卡忍住驚喜的淚花，急忙問：「感覺怎麼樣？」

「死不了。」哈德蘭起身檢查漁人的傷勢，皮拉歐仍舊睡得很沉，繃帶滲出些許體液，但沒有再滲血。哈德蘭的胸中湧起一股暖意，「艾蕾卡，妳去休息，接下來交給我。」

「你失血過多，不必勉強自己。」艾蕾卡憂心地道，「我已經送信給諾魯請他趕來，這兩日就會到。」

「我受過比這更重的傷，不用擔心。」哈德蘭溫柔地撥開皮拉歐額前的髮絲，「妳去休息吧。」

他說服艾蕾卡回房，自己側躺在床鋪外緣，面向門，將背後留給皮拉歐。

他凝視著地面，地板上的天光緩慢往床鋪移動。黑夜過去，白晝將臨。

溫熱的軀體，炙熱的陽光，熟悉的氣息。皮拉歐醒來時，以為會看見帳篷一角，嗅到乾燥的空氣，過了片刻才意識到他已經離開伊爾達特。

昨晚懾人的疼痛宛如一場惡夢，一覺醒來，惡夢被燦金的陽光驅散，下腹的傷口纏著乾淨的紗布，手背的刀傷也被仔細地包紮。

哈德蘭側身睡在他身側，面向房門，如同在厄斯里山那夜，狩獵者時時戒備四周抱有惡意的生物，唯獨信任他。

他緩慢坐起身，頓時牽動下腹的傷口，他輕輕嘶出一聲，淺眠的哈德蘭瞬間驚醒，立刻下床扶著他坐在床沿。

「感覺怎麼樣？傷口還會痛嗎？」哈德蘭來回掃視他的下腹和手背。

狩獵者焦慮的容顏與前一晚扭曲的面容重疊，皮拉歐緩慢地拾回記憶，「昨晚那些人……」

「一個死了，一個逃了。你放心，他們沒有帶走藍玫瑰。」哈德蘭起身拿起一個銀色瓶子遞給他，「玻璃瓶破了，你把藍玫瑰裝進這裡面吧。」

皮拉歐沒有接過去。

哈德蘭主動解釋：「我真的很抱歉，這些事不應該發生。我完全可以理解你怪我，但我想說的是我沒有騙你，藍玫瑰一開始就打算讓你帶回大海。探險隊公會要求跟你五五對分，被我拒絕了，我說服總事務官讓你帶走整株藍玫瑰，艾蕾卡和盧考夫並不知道內情。斯堪地聯邦以為我是利用你找到藍玫瑰，若不讓他們這麼認為，我們在伊爾達特就不會只碰到一組人馬劫殺，藍玫瑰會讓所有的貴族陷入爭奪。」

皮拉歐垂眼看著自己的下腹，遲鈍地接收這一段過於龐大的情報，「我的傷……」

他記得昨晚自己被火焚燒的傷口嚴重透支他的生命力，刺客攻擊他的藍寶石匕首也會阻礙漁人的癒合能力，皮拉歐對自己的身體很了解，那種傷口不可能一個晚上就能自我修復到這種程度。

「那是我的錯，我沒想到盧可會這麼做。」哈德蘭的臉龐微微扭曲，「這段時間你放心養傷，我一定會盡我所能治好你。」

他抬眼打量哈德蘭，狩獵者的臉色比往常更加慘白，左手腕還纏著紗布，「你的手……」

哈德蘭反射性藏起手腕，「別在意，你想不想吃魚？我讓馬歇爾準備，雖然沒有活魚，但廚房有些今天剛從魚市送來的鮮魚。明天我去捕幾條你愛吃的，騎魚好嗎？」

狩獵者過於熱情，又幾近討好的親暱態度讓漁人感到陌生，胸腔輕巧地滑過一絲暖流，然而暖流之後卻是一連串的懷疑與揣測。

皮拉歐的心再度冷下來。無論哈德蘭如何表現，都沒有消除他感到被利用的疑慮。

「你做這些，是希望我心甘情願把藍玫瑰送給你嗎？」

哈德蘭被皮拉歐冷然的態度刺傷，他嚥下唾液，溫聲道：「我不要藍玫瑰。我已經告訴其他人，為了救你，我把藍玫瑰用掉了。從現在開始，你把藍玫瑰收好，斯堪地聯邦不會再為了藍玫瑰追殺你。」

皮拉歐凝視著他，試圖從狩獵者的神情辨認出真意。人類過於狡詐，他不能確信自己是不是真的讀懂了哈德蘭，還是只是逐步墜落於另一個感情陷阱。

「如果斯堪地聯邦命令你追殺我，怎麼辦？」他出其不意地問。

哈德蘭的腦海裡閃過昨夜瀕死的漁人，他的眼角微抽，立誓道：「我不會再讓任何人傷害你，誰也不行，包括我自己。」

但皮拉歐想聽的不是這個，「你會對你的同類、對探險隊公會成員動手嗎？」

他想知道的是，哈德蘭的忠誠屬於誰，他想知道他喜歡的是什麼樣的人類。

「如果有必要的話。」哈德蘭沉默數秒，「我沒辦法保證事態會演變成怎樣，但若他們危及你的生命，我不會留情，你的生命是我的第一優先考量。」

皮拉歐微微扯起唇，不帶一絲笑意，「如果動手的是艾蕾卡或盧考夫呢？」

「艾蕾卡如果想動手，她昨晚就會做了，她知道你對我的意義。」哈德蘭的臉上帶著堅毅與決絕，「我會確保盧考夫知道這件事，他應該跟你賠罪。如果他沒辦法理解，他就不再是我的朋友。」

皮拉歐凝視著哈德蘭的眼睛，狩獵者這句承諾遠比他預期的更多，他知道盧考夫與哈德蘭擁有超過十年的交情，是真正的生死之交，如今哈德蘭卻願意為了他捨棄摯友。

從昨晚到此刻，這一切都發生得太快，他對哈德蘭的信任被一再翻轉，讓他遲疑著再一次付出信任。

忽然間，狩獵者扭曲的表情闖進他的腦海裡，那種傷痛強烈得讓他過目難忘。皮拉歐不確定自己想得到什麼答案，但心比大腦更快一步問道：「哈德蘭，你喜歡我嗎？就算只有一點點？」

哈德蘭輕輕吐出一口氣，猛地湊上前吻住皮拉歐。他的舌頭伸進漁人嘴裡，劃過漁人尖銳的齒列，鮮血從舌尖溢出，他含著皮拉歐的舌，默許漁人加深這個帶著血味的吻。

又甜又暖燙的血流進皮拉歐的喉頭，他一直都喜歡在親吻哈德蘭時吮到狩獵者的血，此刻模糊的熟悉感悄然湧上，他感覺當血液滑進腹部時，下腹的傷口產生極其輕微的酥麻。他反射性用力吸吮哈德蘭的舌尖，將尖端的血珠吞吃入腹。

哈德蘭被吻得喘不過氣，抵著皮拉歐的前額喘息，片刻後他靠近漁人的耳側，聲音又低又沉，「我要怎麼證明我真的喜歡你，讓你刺我兩刀好嗎？給你我的命好嗎？」

他的話裡滿是無法抑制的情感，帶著走投無路的焦躁。

皮拉歐說不清這是什麼感覺。哈德蘭的真情告白很動聽，他分明完全被打動，但心裡卻有一股尚未散去的悶氣。

哈德蘭解釋刻意讓斯堪地聯邦誤會藍玫瑰去向的原因，也澄清攻擊他是盧考夫的個人作為，但這並未讓皮拉歐完全釋懷。

無論哈德蘭有多麼充足的理由和動機，他確實受到足以致命的傷害，不是因為打不過對方，只是因為他在哈德蘭的房裡，在哈德蘭的朋友面前放下戒備，於是被火焚燒，被刺客逼到絕境。

和哈德蘭有關的事物成了他的弱點，讓他不似以往所向披靡。這種非自身因素造成的挫敗很陌生，皮拉歐無法排解，他理智上清楚這不能責怪哈德蘭，但卻暫時不想接受哈德蘭的告白與示好。

這場暗殺後他彷彿一夕之間成熟，看清了現實。昨晚的事件顯現出他們兩人完全不同的立場與生活，他仍然喜歡哈德蘭，哈德蘭看起來也喜歡他，但喜歡不能弭平火焚與暗殺，也不能弭平人類與漁人之間的立場問題。

在找到平衡之前，皮拉歐無法純粹地對哈德蘭獻上他的感情。他付出的感情，只能用對等的感情來交換。

「嗯。」皮拉歐平淡地應聲，作為對哈德蘭告白的回答。狩獵者明亮的雙眸黯淡了幾分。

「這條項鍊是我們在現場找到的，還有刺傷皮拉歐的匕首也一起給你。」

艾蕾卡將從皮拉歐身上拔出的藍寶石匕首與一串錫幣項鍊交給哈德蘭。哈德蘭端詳那把匕首，它的形狀類似皮拉歐的「緘默」，但是刀型較短，刀柄的裝飾較為簡練，刀柄尾端鑲嵌的藍寶石也較小。

整體而言，這把藍寶石匕首不如「緘默」精緻，但單看外型與做工，它可能同樣出自漁人的國度。

至於那串錫幣項鍊的樣式很熟悉，錫幣表面雕刻著一頭鮑獅，鮑獅頭周圍綻放著一圈鈴蘭花。哈德蘭拿出前些日子從另一批刺客身上得到的項鍊進行比對，昨晚刺客戴的那串錫幣項鍊刻著六朵鈴蘭花，而之前刺客身上的錫幣則刻著五朵鈴蘭花。

哈德蘭思忖鈴蘭花數的意義。論其任務，孤身刺殺皮拉歐更凶險，這意味著昨晚的刺客級別更高能力更強，那麼鈴蘭花的數目很可能是表示階級。

一滴冷汗滑過他的背脊，情況比預期的更糟。

有一批訓練有素的刺客長年潛伏在斯堪地聯邦，成功避過斯堪地聯邦與探險隊公會的耳目。他們數量多到必須劃分階級與能力，被暗中豢養，受到不知名的主人指使，接受正規管道以外的暗殺任務。

「昨天晚上，大部分的貴族都待在自己房裡，女僕們能夠作證。知道發生那場暗殺的貴族除了我們，就是你昨晚看到的那三位。」艾蕾卡的臉上帶著難以言喻的神情，「我昨晚試探過我哥，他叫我別多管閒事，你若有任何問題就直接問他。」

哈德蘭將兩串錫幣項鍊收進口袋，隨口安慰道：「我相信諾埃克森公爵的為人。」

窗外忽地傳來鳥類振翅的細碎聲響，兩人湊到窗前向外看，一隻通體橘紅的祖克鳥從天而降，停在埃德曼莊園前大片的草地上。一個人從祖克鳥身上跳下來，他的體型壯碩，身穿探險隊公會的會服，他一眼看見窗邊的艾蕾卡與哈德蘭，熱情地揮手，「哈德蘭！艾蕾卡！」

諾魯來得比哈德蘭預期得更早，哈德蘭驚喜地叫道：「諾魯，你借了祖克鳥！」

「艾蕾卡說事態緊急，叫我盡快前來。我本來要騎馬，但在途中打劫了穆雷奇的祖克鳥，叫他騎我的馬回探險隊公會覆命。」諾魯聳了聳肩，哈德蘭頭一次在任務中途向他求助，他當然義不容辭。

兩人簡單問候之後，哈德蘭說明了近況，「我想拜託你保護漁人皮拉歐，不管他到哪裡，你都得寸步不離。」

「這不難，交給我。」諾魯用拳頭輕敲厚實的胸膛，哈德蘭的要求對二級狩獵者而言輕而易舉。

「等這個任務完成，鮑獅的事就別再提了。」哈德蘭平靜地道。

諾魯繃緊神經，察覺到哈德蘭的言下之意，他的態度變得更加慎重，「我知道了。」

皮拉歐睜開眼時，看見一位身材遠比哈德蘭壯碩的大塊頭守在門口，他身穿著探險隊公會的會服，正興致盎然地觀察整個房間。

「你是誰？」皮拉歐警戒地問，「哈德蘭在哪裡？」

他暗中摸向裝著藍玫瑰的銀瓶，銀瓶還在他的衣襟裡。

「別緊張。」大塊頭攤開雙手微舉作投降狀，「我叫諾魯，哈德蘭拜託我來護衛你。他今天外出，好像是去……捕魚？」

諾魯不是很確定地說。皮拉歐微愣，隨即打算下床，諾魯上前端詳他的傷口，「哈德蘭說你的傷勢嚴重，最好再多休息幾天，如果要泡水，讓我叫伊修達爾幫你送來浴桶。」

「如果我就是想出去呢？」皮拉歐不打算聽從諾魯的勸告，「哈德蘭不是我的誰。」

諾魯聳了聳肩，「我沒意見，哈德蘭只叫我跟著你，你想去哪都行，但最好不要離開莊園。」

他見皮拉歐因扯動到下腹的傷口而皺緊眉頭，主動問：「要不要我扶你？」

「不用。」皮拉歐從齒縫間發出嘶聲，無法自由行動的煩躁油然而生，沒看到哈德蘭讓他心情更差，「我想去浴池。」

在諾魯不著痕跡的協助下，皮拉歐成功抵達浴池。伊修達爾事先得到囑咐，此刻的浴池空無一人。

皮拉歐將雙腳浸入池水中，出神地望著廣闊的浴池，想舒暢游泳的渴望隱密地在心頭騷動。他回頭望向諾魯。若是在浴池裡游泳，他不放心將藍玫瑰留在浴池邊。

「你如果想游泳，隨時都可以，不用在意我。」諾魯主動背過身去，「哈德蘭說，你游泳的時候，叫我不要偷窺你的祕密。」

皮拉歐抓準時機迅速地脫下外罩衫，帶著銀瓶縱身跳入浴池。他的全身浸潤到冰涼的水裡，乾渴的魚鱗與皮膚都得到舒緩，清水滲進紗布，溫柔的水波撫慰著他下腹的傷口。

他在水裡靜坐了好一會，又來回游了幾趟，這才浮出水面。

諾魯維持原來的姿勢背向浴池，專注地戒備浴池入口。

皮拉歐用毛巾簡單擦乾水漬，套上衣物，巧妙地收起藍玫瑰，「我好了。」

「要回房去了嗎？」諾魯溫聲問。

「我還能去哪？」皮拉歐悶悶不樂道。

「你很快就會痊癒。」諾魯安慰道，「哈德蘭說，我只需要待幾天，待到你痊癒為止。你很快就會脫離這種狀態。」

皮拉歐雖然也曾懷疑自身痊癒的速度有些異常，但不如以往樂觀。

他們回房時，哈德蘭已經帶著他的戰利品回來了。哈德蘭簡單地向諾魯道謝，諾魯便將空間留給兩人，識相地離開。

「皮拉歐，我捕了騎魚，你看看喜不喜歡？」哈德蘭殷勤地將裝著騎魚的魚簍拖到皮拉歐眼前。

皮拉歐微微抬眼，看見那條黑白相間的魚，魚頭處長著一根長刺，他平淡地說：「這是黑白小丑，不是騎魚。」

細微的魚類品種差別超過哈德蘭的認知，他有些無措地看向黑白小丑，抱著一絲希望問：「不能吃嗎？」

「有毒。」皮拉歐坐在床沿，反問，「你想讓我吃嗎？」

「當然不行。」哈德蘭推開魚簍，「我明天再捕別的。」

氣氛瞬間冷下來。

「你跟諾魯相處得好嗎？」片刻後，哈德蘭主動打破沉默。

「還可以。」皮拉歐抬眼，「那個諾魯，也是你的『好朋友』嗎？」

他在「好朋友」這個字詞加重音，輕聲嘲諷：「你信任他不會突然攻擊我？」

如今，他們的相處模式完全倒轉。他冷下態度，狩獵者卻逐漸熱情，兩人的來往達成一種微妙的平衡。

哈德蘭彷彿沒聽見他的嘲諷，逕自解釋：「諾魯欠我一條命。我告訴他只要護衛你這幾日，這個人情就算還清了。」

狩獵者的微笑帶著一點世故，「在這種時候，救命之恩比友情更值得信任。」

斯堪地聯邦冒險手記

CHAPTER SEVENTEEN

第
17
章

The Tales of Skandia Federal

幾日過去，皮拉歐逐漸習慣行動不便的生活。

一早起床，不須他開口，諾魯就會事先要求伊修達爾空出浴池，讓皮拉歐游泳。皮拉歐會在浴池裡待上大半天，才在諾魯的催促下回房。

他的傷勢一日日好轉，他在房裡坐不住，諾魯建議他到戶外觀看貴族們打馬球，皮拉歐沒見過馬球，便感興趣地答應了。

埃德曼莊園前有一片偌大的草坪，他坐在場邊，看貴族們分成兩隊，騎馬揮動球桿。貴族們彼此追逐碰撞，輪流將球打進洞裡，諾魯坐在他身側，解釋規則給他聽。

沒有下場的貴族們坐在巨大的陽傘下方觀賽，有幾位貴族一度想靠近他攀談，諾魯立刻展示他健壯的肌肉，趕走不速之客。

皮拉歐雖然覺得無趣，但不需要與不熟識的人類談話也令他鬆了口氣。他不打算在傷勢未癒的情況下主動招惹麻煩，哈德蘭和他分析過，號稱使用藍玫瑰修復傷口勢必會引起眾人的好奇與探查。

哈德蘭白天消失在他的視野中，但傍晚總會帶著不同種類的魚回到莊園。狩獵者帶回來的魚種屬於深海魚，大部分長相特異，毒性極強無法食用，哈德蘭便找來一個透明的大水缸，將那些深海魚都放進去飼養。

皮拉歐注意到狩獵者左手腕的傷口遲遲沒有痊癒，但哈德蘭總會扯開話題，問他怎麼判斷哪種魚能吃。

大海裡有許多可食用的魚種，皮拉歐有些意外哈德蘭總會捕到那些不能吃的，於是解釋了幾個判斷的要點——魚身顏色不能過於鮮豔，長相不能太過醜陋，受到攻擊時不會放出毒素等等。

他們避談感情，避談暗殺，正常交流的談話次數愈來愈多。他們的相處模式回溯到一同旅行的初期，他們會介紹各自的領域，藉機了解彼此，同時學習選擇適當的態度對應話題。

某一日，哈德蘭興致勃勃地問：「皮拉歐，你之前說過你跟三頭黑鷺鯨打架贏了，還說黑鷺鯨的魚鰭很好吃，你想吃嗎？」

黑鷺鯨柔軟鮮美的魚鰭滋味，讓皮拉歐瞬間露出一秒嚮往的神情，但他思及哈德蘭提及黑鷺鯨的目的，隨即勸阻道：「通常我們不會主動獵捕黑鷺鯨，牠是北之海域最凶猛的魚類。要吃魚，我們有其他更好的選擇。」

「但牠可以吃，對嗎？」哈德蘭執著地問。

「可以。」

哈德蘭若有所思，又追問黑鷺鯨經常出沒的地點，皮拉歐如實回答，又勸道：「你不要去捕黑鷺鯨，太冒險了，我沒聽過人類成功捕獲黑鷺鯨的記錄。」

在暗殺那夜之後，這是皮拉歐第一次放軟了聲調。

哈德蘭並未正面回應，轉而遞給皮拉歐一把眼熟的藍寶石匕首，「那天晚上刺客把它掉在現場，這是不是你們的東西？」

皮拉歐接過那把匕首，用指掌丈量刀鋒的長度，觀察刀柄上的雕刻，而後拿出自己的匕首「緘默」進行比對。

燭光在他的臉上錯落，他沉下臉，「沒錯，而且這是一把理斯家族的匕首。」

「你們有很多把類似的匕首？」哈德蘭曾仔細研究過這把藍寶石匕首，就連斯堪地聯邦最知名的卡托納工坊，亦無法辨認這把匕首使用的材料。

「每一位成年的漁人，都能以共鳴力召喚與自己共鳴度最高的匕首。」他向哈德蘭展示「緘默」，「我這把『緘默』是最好的，它曾經掛在理斯家族的殿堂，是理斯家族最偉大的祖先伊薩克振所鍛造。」

「那其他的匕首呢？」

「北之海域有不少鍛造師。只要鍛造師鍛造的匕首得到認可，鑲嵌上藍寶石，那把匕首就會在成年禮上被漁人們挑選。」

哈德蘭細細觀察皮拉歐手中的「緘默」，「匕首的用處是什麼？」

「成年禮物，身分證明。」皮拉歐遲疑一秒，狀似自然地移開視線，「還有——求偶的信物交換。」

那一刻，兩人同時意識到，這些日子裡皮拉歐一次也未曾提及求偶的話題。

哈德蘭扯了扯唇角。

「早點休息。」他說，無法掩藏語句裡的失落。

這段養傷的日子裡，皮拉歐與諾魯相處得不錯。兩人交換不少狩獵的技巧，皮拉歐教諾魯怎麼更快速地在水裡前進，諾魯教皮拉歐怎麼使用弓箭。

這天諾魯決定打磨保養他的刀，皮拉歐蹲坐在他身側，在諾魯的刀與臉上來回掃視，諾魯知道漁人是在尋找問問題的時機，「你有事想問就直接問。」

皮拉歐求之不得，「哈德蘭說他對你有救命之恩，是什麼救命之恩？」

這個問題一直放在他心裡，但幾經考慮，他決定留到與諾魯建立起一定程度的熟識交情之後再開口。

「唔，哈德蘭連這個都跟你說了。」諾魯微微感到訝異，「哈德蘭向來不會對別人解釋太多。」

「如果我們要相處很多天，我總要知道看守我的人類是誰。」皮拉歐不置可否地聳了聳肩。那形似人類的反應由漁人做出來頗為滑稽。

諾魯微微拉開唇角，他不知道皮拉歐與哈德蘭之間是什麼關係，但絕對不只是朋友，這兩人就算站在一起毫不說話，也有種旁人無法介入的氛圍。

身為哈德蘭的朋友，他衷心為哈德蘭感到高興，在那麼多年之後，哈德蘭終於不再是一個人在冒險路上踽踽獨行。

他收回漫遊的心思，望向北方的斯堪地大草原，「那是很久很久以前的事，當時我還是訓練生。」

十幾年前，他們都待在訓練營受訓。某一次任務的地點在斯堪地大草原，諾魯當時意外脫隊，驚動覓食的母鮑獅，哈德蘭敏銳察覺隊友有生命危險，一箭引開母鮑獅的注意，卻也暴露出自己的位置與整個探險小隊。

當時探險小隊的成員全慌了手腳，幸而哈德蘭整合眾人，讓艾蕾卡誘敵，自己埋伏在草叢間，連發兩箭射中領頭的母鮑獅雙眼，再讓力大無窮的法恩斯趁隙砍下鮑獅頭。

領頭鮑獅的血噴濺整片草地，驅逐了剩下的鮑獅群，探險小隊才化險為夷。

「多虧哈德蘭，我的腦袋還完整地連著脖子。」諾魯下意識撫摸自己的頸側，彷彿在確認上頭沒有任何斷口。

皮拉歐想，這就是盧考夫也曾在伊爾達特提過的鮑獅任務，一個哈德蘭與艾蕾卡擁有絕佳默契的證明。

「其實保護你的任務不難。只要哈德蘭開口，我一定會幫忙，但這是頭一次哈德蘭跟我要求救命之恩來保護你，在我看來那更像一種宣告。」

「什麼宣告？」皮拉歐問。

諾魯將刀鋒換面，加了點水繼續磨。

「你大概聽其他人說過，現在的哈德蘭和以前差很多，他比以前更冷漠，不願意和人多交流。若問我的意見，我會說人的個性再怎麼因為外在環境而變動，都不可能改變真正的特質。以前哈德蘭的朋友很多，但他不會公開表現個人偏好，也很重視隱私。我們若想幫他慶生，都是問艾蕾卡他喜歡什麼、不喜歡什麼，因為他們兩個認識最久。」

「哈德蘭很執著於私領域的劃分，從以前到現在都沒有改變。」諾魯拿起刀，檢視刀面上自己的倒影。

「但是這次，他不怕其他人知道他對你的重視，而且我想他是有意如此。」諾魯笑了笑，以不合他身形比例的靈巧心思道，「我說這些不是希望你做出什麼回報，只是以一個局外人的立場多事地提醒你對他的特別，不至於忽略他的付出。」

皮拉歐別開視線。他在意人類和漁人之間的立場問題，哈德蘭乾脆將自己與漁人綁在一起，宣告大眾自己的立場與漁人一致，那確實出乎他的預料。

覆蓋在心臟上的冰層倏地裂出數道淺溝，悄然向下滑動。

「請問……」

怯弱的女聲打斷皮拉歐的感觸。莫索里小姐撐著小洋傘，站在五步遠處，她細微的聲音與圓潤的身材不成正比，幾乎被馬球的撞擊聲淹沒，條然橫過身的諾魯高大壯碩，更讓她輕輕倒抽一口氣，不自覺地倒退一步。

「敏麗。」皮拉歐示意諾魯退開，壯碩的狩獵者在判斷莫索里小姐毫無威脅性之後，往旁讓開兩步。

莫索里小姐握著小洋傘的指節微微泛白，她蒼白著臉怯怯地朝兩人走進幾步，「我聽說皮拉歐閣下受傷了，想來問候。」

她從身後抽出藏起的一束鮮花，那乍看像是罕見的麟花花束，但細看即可發覺那是帶粉的鈴蘭花。

「我想送皮拉歐閣下這個，祝你早日康復。」莫索里小姐咬著下唇欲言又止，似乎想徵求再上前一步的允許。

皮拉歐打量她。來到埃德曼莊園後，莫索里小姐可以稱得上是第一個對他友善的陌生人，他不相信怯弱的少女能有什麼危險性，但他確實不會再掉以輕心。

「謝謝妳的花。」皮拉歐慢吞吞地伸手，接過莫索里小姐遞來的鈴蘭花束。他的指尖擦過少女的指節，莫索里小姐驚嚇得瞬間抽手，鈴蘭花束頓時落下，數朵綻開的鈴蘭花折落在地。

「抱、抱歉。」莫索里小姐將被皮拉歐劃過的手指藏到身後垂下頭，秀氣的耳廓微微泛紅。

「皮拉歐。」皮拉歐側過頭，哈德蘭大跨步走到皮拉歐身側，垂首凝視莫索里小姐，聲調溫和，「莫索里小姐，午安。有什麼我能為您效勞的？」

狩獵者的溫和似乎減少了莫索里小姐的怯弱，她鼓起勇氣抬頭，看著並肩站在一起的兩人。

「莫索里小姐？」狩獵者又問。

她看到哈德蘭往皮拉歐靠近，侵入對方的私人空間，指掌輕輕搭在皮拉歐的肩膀上。漁人既沒有抗議狩獵者的姿勢，也沒有流露對狩獵者的親暱。她看不懂這兩人之間到底多親密，但這不妨礙此行的目的。

「我只是想告訴皮拉歐閣下一件事。」她悄悄往四周看，忽然意識到自己成為不少貴族的目光焦點，不禁瑟縮地垂下頭顱。

「……也許、也許大家會覺得很失望。」她咕噥道，「但是我覺得，能用在正確的地方才是最重要的。」

「抱歉？」哈德蘭試圖捕捉莫索里小姐幾近氣音的字句，「什麼正確的地方？」

莫索里小姐緩緩抬頭，凝視她的哈德蘭與皮拉歐眼底只有專注和耐心，沒有浮現他人眼中常見的不耐，她忽然有了更多的勇氣。

「就是、就是救人。」她的聲音隨著脫口而出的信念逐漸變得堅定，「它本來的目的就是為了救人，那早用和晚用都是一樣的。」

皮拉歐瞬間聽懂了，暖流滑過他的胸口，「謝謝妳，敏麗。」

哈德蘭早就受夠這些日子裡來自眾多斯堪地貴族打量與指控兼具的目光，莫索里小姐是第一個以如此寬廣的心胸接受現實的貴族。

「妳比他們有智慧得多。」哈德蘭微笑，表情隨著態度軟化，「有時候，我們會驚奇地發現年紀增長不代表智慧的累積。」

莫索里小姐微微困窘，「每個人追逐的目標不一樣。」

「有的人不知道自己在追逐什麼，有的人在追逐從不屬於自己的東西，那就是煩惱的根源。」哈德蘭寬容地道。

莫索里小姐若有所思，半晌，她綻開如白鬱金香般純潔的笑容，「杜特霍可閣下，你看得很透徹，我終於理解你為什麼會做出不同於一般貴族的選擇。」

例如加入探險隊公會，離開埃德曼莊園，甚至放棄爵位，哈德蘭任何一項決定對斯堪地聯邦的貴族而言，都極其罕見。

「我很慶幸能找到認同我的價值觀與選擇的人。」哈德蘭不經意看向皮拉歐，漁人對於他們近似啞謎的說話方式不感興趣，正彎身撿起地上那束鈴蘭花。

狩獵者目光裡無法掩藏的繾綣，讓莫索里小姐驀地紅了臉。

「午安，杜特霍可閣下，皮拉歐閣下。」她行了一個仕女禮，撐起洋傘踏著小碎步離開。

哈德蘭垂眸望向皮拉歐手中的花束，鈴蘭不是搶眼的花，經過那一摔後又落下了幾朵，但剩餘的鈴蘭花在陽光下仍然生氣蓬勃，就像拿來它的那名少女。

「花很漂亮。」哈德蘭輕聲說。

皮拉歐挑起眉，「那就送你吧。」

他倏地將鈴蘭花束塞進哈德蘭懷裡，隨即蹲回正在磨第三把刀的諾魯身側。

哈德蘭長嘆一聲，嘆息裡帶著縱容與無奈。他將鈴蘭花束擱在皮拉歐與諾魯之間的草地，「莫索里小姐的心意我放在這裡，我先去捕魚。」

他又看向皮拉歐，漁人正專心觀摩諾魯如何磨刀，沒有分出一絲注意力。哈德蘭不免有些失望，但隨即打起精神，他還沒捕到皮拉歐想要的魚，在那之前他都不會放棄。

他一轉身，皮拉歐立刻抬頭目送他的背影，直到狩獵者消失在他的視野裡。

「你們倆真可愛。」諾魯冷不防地說。

皮拉歐悶不吭聲，頸側那片宛如翠玉的薄鰓緩緩刷上一層淺淺的紅。

「我今天早上收到總事務官的回信。」

哈德蘭在起居室與艾蕾卡會面，「各個莊園都有貴族回報出現巨大生物，馬拉利隊長已經派人處理，過不久他們也會派狩獵者前來埃德曼莊園巡邏。」

「我取消森林打獵的活動，讓僕人們留意所有貴族的動向。」艾蕾卡一早剛餵完蕾西喝奶，她將女兒託付給保母後，總算得回清淨的時光，「藍玫瑰的事，總事務官有怪你嗎？」

「總事務官一向通情達理。」哈德蘭並未在這個話題上打轉，「他提及有狩獵者回報，斯堪地大草原最近發生一次大規模的動物遷徙，要我去獵捕黑虎羊的同時一併觀察遷徙的原因，再回報給他。」

「真羨慕總事務官對你的信任。」艾蕾卡感嘆，「積分榜前十名的狩獵者感覺跟我們不在同一個世界，大家都是一起接任務，你們竟然還有時間可以去辦總事務官交代的小任務。」

「只是順便。」哈德蘭輕描淡寫，「我還打算跟妳談另一件事。我繳回那晚刺客戴的項鍊，總事務官已經確認，襲擊我們的刺客與馬拉利隊長在厄斯里山腳下遇到的刺客是同一伙人，他們戴著同款的項鍊，錫幣上的鈴蘭花也是五朵。」

哈德蘭的神色變得陰鬱，「刺傷皮拉歐的藍寶石匕首是特別行動騎士隊從基里部落繳獲的，但最近失竊了，騎士隊還在城外發現羅素副隊長的屍體。」

「羅素副隊長已經——」艾蕾卡掩不住驚詫地提高音量，「除了馬拉利隊長，還有誰能贏過羅素副隊長的劍法？」

「也有不光彩的贏法。」哈德蘭輕聲道，想為特別行動騎士隊副隊長留點餘地。

「酒和女人。」艾蕾卡在哈德蘭的神色中猜出真相，她輕嘆口氣，「我不該感到意外。」羅素副隊長的貪杯與好色，就跟他的劍法一樣知名。

「既然已經知道有這一批刺客存在，我們行事要更加小心。馬拉利隊長會利用巡邏獵捕巨大生物的名義，加強保衛斯堪地聯邦的貴族，警備隊也會出動。所有舉辦社交季的莊園都會成為重要據點，埃德曼莊園正是其中之一。」哈德蘭低聲說，「務必確保貴族們打馬球時不要誤闖後面的森林，也不要讓任何人落單。」

「我會讓伊修達爾把命令傳達下去。」艾蕾卡擱下鮮奶茶，「還有一件事。」

她盯著哈德蘭的目光裡，有三分同情與七分忍俊不禁，「不少小姐向我打聽你的行蹤，玫琪絡小姐和雪禮詩小姐都說與你有約，希望你有空能見見她們。」

哈德蘭頭疼地揉了揉眉心，「妳難道不能代替我拒絕嗎？」

「我有，但是她們堅持親自跟你談，是關於蠍獅墜飾的事。」艾蕾卡快活地說，「我盡力了。」

她如願看到哈德蘭皺起一張臉，不情願地用喝下一口紅茶掩飾不悅。她喜歡這種表情豐富的哈德蘭，彷彿狩獵者逐漸找回七情六欲，回到她最開始認識的樣子。

「好吧。」哈德蘭慢吞吞地說，「幫我約個時間。我想想……就約在皮拉歐去泡浴池的時候，約在後面的花園，別被他看見。」

埃德曼公爵夫人意外的目光讓哈德蘭升起防備，「我不想聽見妳關於這個決定的任何評論。」

艾蕾卡感到好笑地道：「我什麼也沒說。」

「是還沒。」哈德蘭瞪她，「提姆有打聽到那位聖堂駐手的下落嗎？」

「他按照你提供的名單，挑幾位看得順眼的問了幾句。」艾蕾卡對於丈夫的隨興感到抱歉，「跟你得到的情報差不多，大部分的貴族都跟那位聖堂駐手接觸過。」

「那沒接觸過的貴族有誰？」

「你問到了重點。」艾蕾卡帶著難以言喻的表情道，「那位聖堂駐手的駐點是在賽提斯的伊索斯聖堂，除了住得偏遠的北方貴族之外，賽提斯所有貴族世家中至少都有一位家族成員直接或間接接觸過那位聖堂駐手，只除了諾埃克森家。」

艾蕾卡補充道：「我家一直都不是虔誠的聖徒，我大哥更是如此。」

「目前看來，這件事跟諾埃克森家沒關係。」哈德蘭客觀地說。

艾蕾卡表情凝重，「還有，貝索里尼總管與伊索斯聖堂關係相當密切，他是聖堂最大的資金捐獻者之一，提姆沒問出這是否來自米夏蘭斯基公爵的意思。」

哈德蘭沉默片刻，「總事務官的信裡提到在這幾起暗殺背後，他們有幾位懷疑的人選。主使者既能豢養這麼大批的刺客，又有夠高的聲望能管理這些人，擁有如此的財富與權力至少是伯爵以上的貴族。」

綜合以上幾點，他們懷疑的對象就可以限縮到雪禮詩伯爵、英格蘭侯爵、哈爾登侯爵、米夏蘭斯基公爵與柯法納索瓦公爵。

「先安排我跟雪禮詩小姐談談吧。」哈德蘭決定，「妳也一起來嗎？」

「不了，你們單獨會面，雪禮詩小姐會透露得更多。」艾蕾卡慢悠悠地拒絕，「我還要忙著照顧兩個孩子，一個大的，一個小的。」

哈德蘭忍不住輕輕嘲諷，「大的那個還會暗地裡威脅我不能找妳出任務。」

「你知道他就是那種個性。」艾蕾卡聳肩，灰眸裡的笑意像透明玻璃折射的光芒，在陽光下閃閃發亮。

哈德蘭嚥下嘲諷，盯著眉眼充滿母愛的艾蕾卡，此刻，她的丈夫與女兒彷彿就是她的全世界。她不再以哈德蘭為優先，不再是他的黃金搭檔。

在伊爾達特時，他們配合得默契無間，有幾個短暫的時刻給他一種錯覺，彷彿他們回到五年前共同出任務的日子。事實上，他已經失去他的搭檔很多年了，從那一場婚禮之後。

他似乎直到這一刻，才真正意識到這個事實。某種情感緩慢地從身體裡剝落，隨著悵惘一同流出，釋然與開闊填補了那些空缺。

過去早就結束了，僅能在有餘裕的時候，從記憶裡撿起來緬懷。艾蕾卡有她的歸宿，他也找到想共行人生的旅伴。

「謝謝妳，艾蕾卡。」他說，「謝謝妳陪我去伊爾達特，還有妳為我與皮拉歐做的這些事。」

艾蕾卡隨即失笑，「怎麼突然說這個？」

「我想到我還沒正式跟妳道謝。」哈德蘭輕聲說，「我不該把妳做的這些視為理所當然。」

艾蕾卡收起笑容，「哈德蘭，我永遠都會為你這麼做，我們之間不用說謝謝。」

就算當不成伴侶，哈德蘭也是她永遠的家人。

哈德蘭凝視她堅定的灰眸，「為了這句話，讓我再說一次謝謝吧。」

「夠了。」艾蕾卡嫌棄地趕他出門，「快去找你的漁人玩耍。」

哈德蘭笑著離開起居室，米夏蘭斯基公爵站在走廊不遠處，彎腰欣賞作為擺設的花瓶。

「爵爺。」他主動打招呼。

「杜特霍可。」米夏蘭斯基公爵矜持地微微點頭，「這花瓶的雕刻很類似五六百年前東南區亞斯王朝的流行。」

「是仿製品。」哈德蘭毫不猶豫地道，他很熟悉埃德曼莊園的一切擺設。

「我一直認為這很有趣。我們若是能從作品裡得到同樣的感動，又何必區分仿製品或真品？又或者，何必告訴他們是不是仿製品？」米夏蘭斯基公爵若有所感。

「假設爵爺也許會想知道那是仿的。」哈德蘭難掩詫異，通常貴族們很計較藝術品的真偽，「我祖父跟我說過，無論仿製品做得再怎麼逼真，那些讚賞都應該是真品應得的，假的做得再逼真也是假的。」

「若你看見一個藝術品，在無法判別真偽的情況下，就無法欣賞了嗎？」

「倒也不是，只要能認識一件新作品都很棒。」哈德蘭實話實說。

米夏蘭斯基公爵微微扯起唇，那已經是最接近笑容的幅度，「我認為如果能達到同樣的目的，就不需要計較過程。跟你聊天真有趣，我以為狩獵者都像我的兄弟那麼散漫。」

「羅賓會長是個特例。」提起那個任性且經常不見蹤影的探險隊公會會長，哈德蘭實在說不出好話替他緩頰。

羅賓．米夏蘭斯基的散漫不是新鮮事，他坐在那個位置上的象徵意義遠大於實際用處。

「我耳聞你在打聽製作蠍獅墜飾的聖堂駐手，看來探險隊公會的一級狩獵者接任務的自由度很高。」米夏蘭斯基公爵突兀地換了話題。

「在一定程度的限制下。」哈德蘭謹慎地答。

米夏蘭斯基公爵閒聊似地道：「那麼，你不妨派人問問貝索里尼，他對賽提斯所有聖堂都很熟悉，尤其是號稱最靈驗的伊索斯聖堂。」

哈德蘭繃緊神經。米夏蘭斯基公爵所提的，正是他打算向總事務官提議的地點。這是巧合嗎？還是米夏蘭斯基公爵為了撇除關係而抛出來的試探？

「賽提斯有好幾座頗富盛名的聖堂，據傳都很靈驗。」哈德蘭不正面回應。

「心有所願，便能得償所望。」米夏蘭斯基公爵輕聲道，「你相信嗎？」

這是摩羅斯科的名言，至今鼓舞不知凡幾的聖徒，點燃他們心中的希望之火。

「不。」哈德蘭乾脆道，「我曾經求過，只是失望罷了。失望的感覺太難受，難受到他不願意再相信神靈，只相信自己，「我認為知道自己能力的極限，才不會貪圖不該得到的東西。」

狩獵者話中意有所指，讓方才的友好氣氛蕩然無存，米夏蘭斯基公爵沉下臉，「你該記得你領的是探險隊公會的報酬，探險隊公會的經費都來自斯堪地聯邦。」

「我一向清楚是探險隊公會發布任務，不是斯堪地聯邦。」哈德蘭犀利地反駁，「我還有事要忙。爵爺，午安。」

針鋒相對的話題讓兩人不歡而散。哈德蘭往窗外看，天色尚亮，希望今天能捕到他心中想要的那條魚。

斯堪地聯邦冒險手記

CHAPTER EIGHTTEEN

第
18
章

The Tales of Skandia Federal

哈德蘭已經無視盧考夫一整個禮拜。

盧考夫從沒受過這種待遇，他在探險隊訓練營認識哈德蘭，他們背對背解決過山豪豬，一同闖過祖馬海域，橫跨過伊爾達特沙漠，翻越過伊犁山谷。他多次與哈德蘭出生入死，累積的默契與多年交情卻在一個晚上付之一炬。

他未曾料到哈德蘭居然會為了拯救皮拉歐，用掉他們費盡千辛萬苦才取得的藍玫瑰。只是一個微不足道的粗野漁人，就將哈德蘭迷得暈頭轉向，甚至把探險隊的任務拋到腦後，簡直荒謬至極。

「哈德蘭。」他叫住正打算踏出莊園去捕魚的哈德蘭。

哈德蘭轉過身，極其冰冷的眼神刺得他別開視線，累積的不滿宛如被刺破的氣球般瞬間漏氣，「哈德蘭，你別這樣。」

「我知道你是故意那麼做。」哈德蘭的嗓音如拉滿的弓弦，每一個字都帶著緊繃的張力，「如果沒有給我一個夠好的理由，我們的友誼就到此為止。還有，你必須向皮拉歐道歉。」

「憑什麼！」這荒謬的要求超過盧考夫的預期，他尖銳地指出事實，「我們本來就要拿回藍玫瑰，我搞不懂你為什麼要跟他浪費時間！」

哈德蘭閉了閉眼，強行壓住幾欲噴發的怒氣，「你搞錯了，我之所以還站在這裡等你的解釋，是因為你的認知來自我的誤導。但是當時我分明叫你把刀放下，你卻繼續攻擊皮拉歐。我無法原諒這個，你為什麼那麼做？」

他可以接受盧考夫誤傷皮拉歐，卻不能接受盧考夫的蓄意。

因為你不知道自己在做什麼，盧考夫心想。他陰鬱地看著摯友，「他是漁人，本來就不可能跟我們做朋友。你太縱容他，這會引起斯堪地聯邦的懷疑，一場攻擊可以讓你撇清一切。」

「那真是太感謝你了，現在整個斯堪地聯邦的貴族圈都知道我可以為他做到什麼地步。」哈德蘭冷淡地嗤笑，嘴角因嘲諷而微微扭曲。

「哈德蘭。」盧考夫嘆了口氣，忍住往懷裡掏菸的衝動，他像對闖禍的幼弟說教般以兄長的身分苦勸，「就算你不再喜歡艾蕾卡，我也希望你能擁有更好的生活。你看看這個莊園，還有爵位，這都是你本來應該要擁有的！如果跟那些貴族仕女聯姻，你就可以重回應該擁有的生活。」

那原是哈德蘭唾手可得的東西，卻因為他的失算而失去。這麼多年，盧考夫一直暗中想方設法讓提姆斯基歸還爵位，卻徒勞無功。他不會看著哈德蘭因為一個漁人，而葬送自己僅有的未來。

「我還不至於無知到不清楚自己該有什麼生活。」哈德蘭失去耐性，「好了，別浪費我的時間，我要去捕魚。」

哈德蘭終於弄懂盧考夫的心思，他的摯友對於過去不值得一提的失誤耿耿於懷，一心想撮合他和艾蕾卡，想讓他回到五年前意氣風發的日子。

他轉身就走，避免自己說出更難聽的言詞。盧考夫的出發點是為了他，但那不代表盧考夫有權幫他決定該過什麼生活。

這種干涉越過了界線，哈德蘭現在最不需要的就是自以為是的善意。在外闖蕩十幾年的盧考夫，竟不如養在深閨裡的莫索里小姐更通情達理。

他逕自走了一段路，身後響起急促的腳步聲，盧考夫匆匆跑到他身側，「哈德蘭，我跟你去。」

哈德蘭無視他，從馬廄裡選了一匹精力充沛的駿馬，俐落翻身上馬。

盧考夫咬了咬牙，哈德蘭冰冷的態度讓他心頭發涼，這不是預期的結果。他做的這一切，不是為了讓哈德蘭與他斷絕情義反目成仇。

一股熱血讓他衝到哈德蘭面前擋住馬匹，「我跟你去捕魚，要道歉總得帶上賠禮吧。」

哈德蘭駕馬閃過盧考夫，盧考夫再度擋在他的馬前。哈德蘭凝視昔日友人的雙眼，從裡頭看見盧考夫當年追在雙頭蜥蜴身後三天三夜的堅持。

眼下他沒時間浪費，也沒打算妥協，「跟來可以，但你必須向皮拉歐道歉，否則我們的友誼到此為止。」

之後哈德蘭縱馬騎向最近的海域，盧考夫匆匆跨上馬追在哈德蘭身後。

哈德蘭將馬綁在岸邊不遠處的樹上，走向海邊捕魚的平民，熟練地打招呼，接著他換上褐色的潛水衣，頭頂綁著夜光石，縱身跳入大海之中。

這是距離首都賽提斯極近的東海，哈德蘭一路往下潛，熟門熟路地游向海底的一處礁岩。夜光石發出的微光讓畏光的深海生物紛紛躲避，哈德蘭拿出漁網綁在礁岩上，又在網中放置探險隊公會的特製魚餌，陷阱布置完畢後，他隨即往上游。

哈德蘭浮出海面時，盧考夫剛換上自己的潛水衣，他隨即入海游向哈德蘭，「你需要我做什麼？」

「皮拉歐喜歡吃騎魚，但這種魚游得很快，只能誘使牠進網裡。我已經把網撒好，希望今天能捕到。如果沒有捕到騎魚，捕一些深海魚也不錯。」

「非得潛那麼深？」盧考夫不是滋味地問，「只是漁人小子要吃的話，在淺灘不就能捕到海潮魚？」

哈德蘭瞪他一眼，不打算回答。

若是能捕到特異的深海魚，他就能讓皮拉歐解釋深海魚的特性，深海魚愈是奇異罕見，皮拉歐的話就愈多。任何一種能延長和皮拉歐聊天的方法，他都會去做。

以往皮拉歐為了多了解他，而問了許多問題。他當時說得簡潔隨意，不願與漁人產生更多交集，怎料有一天，還得想方設法才能讓皮拉歐和他多說一點話。

他愈想愈心煩，驟然下潛到設置的漁網旁，網中仍然是空的。哈德蘭並不氣餒，他順著皮拉歐的指示，尋找黑鷺鯨的蹤跡。

他辨認著地形往海底貼近，他曾向漁民們打聽過這個時節的東海會有暖流，黑鷺鯨極有可能在此出沒。他邊游邊放出能吸引黑鷺鯨的魚餌，以綁著漁網的礁石為中心來回游了幾圈，但仍未發現黑鷺鯨出沒的跡象。

他游回網邊，沒注意身後跟著一隻長相特異的深海魚。

在深海魚身後不遠處，巨大的黑影蟄伏在海底，多條細長的觸鬚在海中大張而開，宛若一張巨大的網。

那條深海魚的頭頂透明，雙眼上方有一道黃色的球狀半透明薄膜，身形略長，顏色介於灰土色與卡其色之間。牠貼著玻璃缸緩慢游到哈德蘭面前，黃色的球狀薄膜宛如馬車頂蓋般慢吞吞地向後掀開，露出圓滾滾的兩隻眼睛。

「我不是主動捕牠的。」哈德蘭試圖解釋，「我本來想捕騎魚，牠自己游到魚網裡。」

皮拉歐湊近哈德蘭，端詳他的臉，溫熱熟悉的氣息噴在哈德蘭臉上。

這是近期皮拉歐第一次主動靠近到適合接吻的距離，哈德蘭壓抑著加快的心跳與呼吸，僵硬地問：「怎麼了？」

「牠覺得你是牠的同類，我在觀察你們兩個的共通點。」皮拉歐納悶地退開來，「你們長得一點也不像。」

哈德蘭再度得回私人空間，他掩飾住一絲惋惜，「海底很暗，我當時帶著夜光石，探險隊公會提供的潛水衣跟牠的顏色很像。」

「大概是吧。」皮拉歐望向那個巨大的玻璃缸，裡頭已經有十數條不同的魚種，都是難得一見又極難捕捉的深海魚，但沒有一條是能吃的。

有時候他在想，狩獵者的捕魚技巧到底是好還是不好。

「雖然沒捕到騎魚，但我帶了不少蘋果魚回來，我記得你不喜歡海潮魚的味道。」

哈德蘭拖出裝滿蘋果魚的魚簍，「這些不夠的話，我讓馬歐爾再拿一點過來。」

「已經很多了。」皮拉歐拎起幾條活魚塞入口中，目光掃過哈德蘭的左手腕。那裡的傷口已經結痂，顏色比狩獵者的膚色還淺，是淡淡的粉色。

哈德蘭注意到皮拉歐的視線，在漁人開口詢問之前轉移話題，「這種魚叫什麼名字？」

皮拉歐漫不經心地回頭望向魚缸，「龍干。牠們很溫馴，是群居的生物，通常會一大群一起出沒。牠的頭部會發光，求偶的時候會用不同的方式閃爍光芒，吸引異性。」

哈德蘭瞄了一眼漁人，清清喉嚨，「那你們求偶是跳舞嗎？」

皮拉歐抬眼，狩獵者鎮定地對上他的視線。這個話題像一支柔軟的羽毛，輕輕地用頂端抵著他靠近鎖骨的薄鰓，帶著某種親暱，不具威脅卻不容忽視。

自暗殺那夜之後，這是狩獵者第一次正面試探他的態度，帶著一整缸試圖討好他的深海魚，與對整個斯堪地聯邦貴族圈公開的立場宣告。

皮拉歐凝視著哈德蘭，緩緩地說：「跳舞，還有築沙堡，如果確定締結伴侶關係，就會贈送藍寶石匕首。」

那都是皮拉歐過去對哈德蘭做過的事蹟。對狩獵者而言，漁人的求愛曾經是唾手可得。

哈德蘭眼角微抽，困難地嚥下唾液，「漁人求偶，只會求一次嗎？」

「**漁人求偶，只會求一次嗎？**」

皮拉歐沒有回答那個問題。他蹲在陽傘下，出神地凝望遠方，那是哈德蘭離開的方向。

「嘿，盧考夫。你好嗎？」

皮拉歐下腹的傷處一抽，他抬起頭，諾魯壯碩的身軀擋在他身前，遮住盧考夫的視線。

「諾魯。」盧考夫的聲音有些僵硬，「讓我跟皮拉歐單獨談談好嗎？」

「你知道我不能這麼做。」諾魯搖搖頭。

「就一下子。」盧考夫鍥而不捨。

「不行。」

他們僵持一陣子，盧考夫敗下陣來，他稍稍提高音量，用一種極不自然的聲調道：

「皮拉歐，哈德蘭叫我來向你道歉，我很抱歉那晚攻擊你。」

他的聲調特別僵硬，彷彿這是這輩子第一次道歉。

他將藏在身後的玻璃罐遞給諾魯，「請幫我轉交這個給皮拉歐，這是我的賠禮。」

諾魯接過玻璃罐。盧考夫匆匆離開現場，宛如落荒而逃一般。

玻璃罐內是數尾七彩斑斕的彩蝶魚，彩蝶魚相當罕見而美麗，牠游動時擺動的魚鰭宛如天上的彩虹，因而得名。皮拉歐端詳著那數尾彩蝶魚，牠們的體型較大也很健康，應該是生活在水位極深，遠超過人類活動範圍的海域。

彩蝶魚平日藏在岩洞之中，每日不固定出洞覓食，要捕到這些彩蝶魚，必須要在岩洞外守株待兔，連漁人都得費上不少心力，因此在北之海域，彩蝶魚通常是漁人捕捉來討好自己未來的伴侶。

皮拉歐感到五味雜陳，一時間無法決定要不要收下盧考夫特立獨行的歉意。

盧考夫當晚的攻擊完全是基於斯堪地聯邦的立場，他不認為盧考夫在短短幾日內就改變了立場，就像他不會輕易原諒盧考夫那晚的火焚攻擊。顯而易見，盧考夫的妥協是來自哈德蘭的施壓，哈德蘭確實做到了對他的承諾，逼得盧考夫在立場與友誼之間做選擇。

他在伊爾達特與盧考夫相處過一段時日，也算得上共患難的交情。比起內斂的哈德蘭，盧考夫更加率直，更不善於掩藏自己心思，對盧考夫而言，要違背自己的心意妥協於其他事必定很難受。

他盯著那個玻璃罐，彩蝶魚忽地躍出水面，陽光透過尾鰭在草地上映出一道淺淺的虹影，又轉瞬消逝，一如送禮人眨眼絢爛的歉意。他考慮良久，終究在回房時帶走玻璃罐，將這幾尾彩蝶魚養在哈德蘭的深海魚大水缸。

這不代表皮拉歐願意原諒盧考夫，他只是嘗試同理盧考夫的妥協。既然盧考夫為了哈德蘭在立場與友誼之間選擇了友誼，他也會在立場與感情之間，為了哈德蘭後退一步。

「不是在伊索斯聖堂。」雪禮詩小姐嗅聞哈德蘭一早從埃德曼莊園後方摘下的鮮花，雙頰微微泛紅，「父親當時是請一位聖堂駐手來家裡替我量手圍。」

「您還記得那名聖堂駐手的長相嗎？」

雪禮詩小姐歉然地搖頭，「我沒有印象，他的下半臉圍著包巾，只能看到一雙眼睛。」

「您能詳細跟我說明當時的情況嗎？」哈德蘭耐心地誘導，「為什麼突然想訂做蠍獅手鍊？」

「父親說，有一名聖堂駐手的鑄工技藝很精湛，戴上他製作的蠍獅物品，就能有摩羅斯科大人的守護，如同摩羅斯科大人所說的心想事成。」雪禮詩小姐露出羞澀的微笑，反而不見跳桑托舞時的爽朗。

「今年我曾向摩羅斯科大人許願，希望能順利嫁給合適的對象。」她下意識輕晃手鍊。

「您一定能得償所望。」哈德蘭客套地笑，「埃德曼公爵夫人提到，您似乎有話想對我說？」

「這就要問問杜特霍可閣下，」雪禮詩小姐在哈德蘭詫異的目光中輕巧地補上一句，「我覺得我的手鍊很靈驗。」

哈德蘭茫然地望著她，在她逐漸不安的神態中察覺到她的暗示。哈德蘭乾笑，「抱歉，我……」

「抱歉。」雪禮詩小姐漲紅了臉，神色比他更難堪，「我不是、我以為，您答應邀約可能是對婚姻有些想法。」

哈德蘭暗地咒罵，他許久沒有參加社交季，距離這些打情罵俏的調情技巧很遙遠，才會讓自己與雪禮詩小姐陷入這種尷尬的狀態。

他拚命回想曾經釋出什麼訊息給雪禮詩小姐造成錯覺，同時輕咳一聲，以最誠懇的姿態道：「我對您的手鍊很有興趣，這不是藉口。您剛剛說，它很靈驗？」

「嗯。有時候我難以下定決心，總是有道意念會牽引著我作出選擇，得到想要的結果。」雪禮詩小姐意興闌珊地說。

「可能是我多想了。」她以摺扇遮住半張臉，短促地乾笑，「我現在覺得它好像沒那麼靈驗了。」

「是嗎。」哈德蘭沉默。

「我先告辭了，午安。」雪禮詩小姐失魂落魄提起裙襬，轉身離開。她的背影挺得筆直且僵硬，像是即將倒塌的磚牆在狂風中苦苦強撐，反而顯得更加狼狽。

哈德蘭沒有追上去。雪禮詩小姐的話裡有些部分讓他很在意，他的腦海裡閃過模糊的猜想，但那需要蒐集更多證據。

「你們聊得很愉快。」熟悉的氣腔在他身後響起。

哈德蘭身形一僵，緩慢轉過身，皮拉歐雙手環胸站在他身後。諾魯悄悄聳肩，給他一個自求多福的眼神。

「我在……」哈德蘭頓住，「這是探險隊公會的任務。」

「嗯。」皮拉歐低聲道，「你有很多任務，我知道。」

他垂眸，「我的傷好得差不多了，你忙你的任務，讓諾魯陪我去斯堪地大草原吧。如果可以的話，我想先回北之海域一趟。」

那不冷不熱的語調刺得哈德蘭眼角微抽，他分明感覺到這些日子皮拉歐的態度逐漸軟化，現在漁人卻一瞬間拉開距離。

他眨了眨酸澀的眼，「諾魯有其他的任務，我明天陪你出門，想去哪裡都行。」

哈德蘭在勘查地形時分心，這是不可原諒的新手錯誤。

不知從何處出現的細長腕足捲住哈德蘭的左手腕，他用力掙扎，左腕剛癒合的傷口迸裂而開。他從腰間抽出尖刀，割斷綑綁他的腕足。

夜光石散出的微光裡現出深海生物的巨大輪廓，他轉身拚命向上游，左腕傷口飄出的鮮血卻成了洩漏他蹤跡的最好誘餌，深海生物迅速伸出腕足捲住他的左腳，將他往海裡拖。

哈德蘭嗆出一口氣，揮舞著尖刀回身劈砍，深海生物早有準備，另一隻腕足纏住他的右手制住攻擊，他旋即用左手接過小刀狠戾地再砍向腕足，傷口迸裂的疼痛降低攻擊的力道，只在腕足上留下一道淺淺的裂痕。

深海生物不甘地縮回傷足，重新伸出其它腕足攻擊。哈德蘭和深海生物纏鬥許久，傷了深海生物的八隻腕足，代價是筋疲力盡接近窒息，只能任由深海生物將他拖往嘴中。

在深海生物張口瞬間，他拚盡全力一刀刺向深海生物，纏綁住他雙腳的腕足不得不鬆懈力道。驀地，一股水流順勢將他往上推，他拚命滑動雙手游出海面。

哈德蘭深深吸氣，清新的空氣灌入肺腔。他用尖刀割下一片潛水衣綁住左腕的傷口，隨即眺望四周，這裡距離岸邊很遙遠，看不到海岸線。

他以手擋了擋炙熱的陽光，在海中迷失方位並未削減他的生存意志，只要想到皮拉歐還在埃德曼莊園等他，他渾身都充滿了力氣。他要活著回去，他會活著回去。

他要看到他的漁人青年再度對他綻出熱烈的笑容，用赤誠的目光問他，願不願意做自己的伴侶。這一次，他一定會毫不猶豫地答應。

皮拉歐一整日都心神不寧。上一次如此是他的白海象獅不見蹤影，這一次呢？哈德蘭。他要知道哈德蘭在哪裡。

「他這陣子都是下午去捕魚，半天之內能來回的水域應該是哈蘭河、貝達湖、賽爾外海或東海這幾處。」艾蕾卡竭力思索，「他沒有說去哪裡。」

「他捕的是深海魚，只可能是賽爾外海或東海。」皮拉歐的腦海裡浮出房中的水缸，「龍干、黑白小丑、砦刺、鰱逖、三角洱——有砂岩、軟礁、水星蝨的海域。」

他在心裡描繪地形輪廓，交叉比對去過的海域，「是東海，帶我去東海。」

「哈德蘭很快就回來，你先別衝動。」艾蕾卡憶起上次皮拉歐落單後發生的慘劇，提議道，「我讓法恩斯去東海找他。」

「諾魯，帶我去東海。」皮拉歐壓低聲調，藍眸微微發光，一股強大的精神壓力宛若驟起的巨浪，鋪天蓋地籠罩住在場的所有人。

艾蕾卡的臉色微微泛白，諾魯的額側冒出冷汗。兩人瞧見對方的狼狽，同時為漁人身上的不知名力量感到震驚。

「我先帶皮拉歐坐祖克鳥去。」諾魯向窗外吹出一聲特殊的長哨音。不久，巨大的祖克鳥出現在後方的森林上空，牠朝莊園飛來，停在草地上。

諾魯協助皮拉歐坐上祖克鳥。皮拉歐抓緊手中的韁繩，在祖克鳥起飛時僵直背脊。他喜歡站在高大的柳橙樹上眺望雲海，不代表喜歡騎在會動的生物上離海面那麼遙遠，這種踏不到地、觸不到海的感覺太讓他精神緊繃。

幸而他們沒有在鳥背坐上太長的時光，祖克鳥降落在東海沙灘上，引起附近漁民一陣騷動。

諾魯向漁民打聽哈德蘭的下落，皮拉歐已經心急地跳入海中。

哈德蘭，你在哪裡？

他默念哈德蘭的名字，精神力以他為圓心順著海流一路向外擴張，逐漸擴及大半個海域。他掌控的海域愈遠，海波經共鳴所累積的能量愈大，海水宛若即將沸騰般隱隱震動，彷彿在蓄積熱量，等待爆發的瞬間。

腦海中奏起激昂的樂曲，他依著節拍驅動掌控的水流。震動，同步共鳴。

漩渦即刻在海底形成，水流急速旋轉，漩渦愈來愈大，東海海面波濤洶湧。海面之下皮拉歐睜著燦亮的藍眸，操控著漩渦移動，從岸邊向外海搜索，一吋一吋地翻攪整個東海。

哈德蘭，你在哪裡？

他心急地讓漩渦逐漸往外海移動，就怕再慢一步，只能看見狩獵者冰冷的屍體。

只要想到哈德蘭是為了捕深海魚哄他開心而下落不明，他的心像破了洞，濃烈的悔恨宛若驚濤駭浪在洞裡猛烈翻騰。

他恨不得讓時間倒流，反覆自問，為什麼要浪費那麼多時間糾結立場？為什麼要為了那些不重要的人和哈德蘭賭氣？相處的時間已經那麼少，為什麼他沒有珍惜？

哈德蘭不願意和他回到北之海域，他常常上岸來陪哈德蘭不行嗎？哈德蘭喜歡住在埃德曼莊園，他就去莊園後方打獵，待在莊園的浴池裡，不行嗎？

只要哈德蘭回來，回到他懷裡，暗殺、火焚和斯堪地聯邦的敵視都無所謂，他甚至願意丟棄傾盡全力才爭取到的司琴者，只為換得哈德蘭的一線生機。

鐫刻在靈魂的戒律在那一刻崩裂了。

皮拉歐凝聚精神力，將共鳴漩渦向外推再擴大一倍。他繃緊精神移動巨大漩渦，驚人的漩渦在外海引起滔天巨浪，雪白的浪花層層拍打，澎湃的海流更加難以控制。他的體力加倍耗損，雙臂微微顫抖，雙目發出晶燦的異光。

這相當於同時在三條黑鷺鯨的嘴裡拔牙，或者危險指數在北之海域名列第一的任務。若操控不當，或在釋放共鳴漩渦之前耗盡體力，漩渦就會不受控制地恣意肆虐，摧毀整個東海。

皮拉歐正在濫用共鳴力。他打破司琴者的戒律，必定被褫奪司琴者的封號，更可能被逐出理斯家族，逐出北之海域，天地悠悠孑然一身。

那些都無所謂。只要哈德蘭能回來，一切都值得。

他苦苦支撐片刻，在共鳴漩渦即將失控的瞬間，他感覺到熟悉的形體捲入漩渦的邊緣。是哈德蘭！他找到哈德蘭了！

他浮出海面，用強大的意志力讓哈德蘭順著漩渦流轉到距離自己最近的位置，而後一口氣釋放精神力。凶猛的水流依慣性朝他衝來，在水流與哈德蘭撞向皮拉歐的剎那，他單手撈住哈德蘭的腰，一手撥轉水流。狩獵者冰冷的身體衝進他的懷裡，堵住他破了洞的心。

哈德蘭周身全是傷，左手腕綁著溼透的碎布，碎布上染滿血，他雙目緊閉沒有呼吸。皮拉歐渾身冰冷，緊緊抱住哈德蘭的腰，貼著哈德蘭的胸口探查心跳。

深色的潛水衣之下，狩獵者極其微弱的心跳聲宛若一頭步履蹣跚的巨象，沉沉地踩踏支離破碎的心臟。無法遏制的心疼從胸口蔓延而開，皮拉歐的眼眶熱得發燙，溼熱的淚液幾乎滾落眼眶。

比被匕首猛烈捅刺還痛，比被烈火焚燒還痛，哈德蘭的慘況讓他恨不得代為全數承受。他陡然想起暗殺那夜裡，衝上前的哈德蘭眼底宛若世界末日般灰敗，整個人彷彿承受了刀傷與火焚。

此刻他終於能夠感同身受，那晚哈德蘭所感受到的痛絕不比他輕。

他撬開哈德蘭的嘴，捏住哈德蘭的鼻子，深吸一口氣吻住哈德蘭，將空氣強行渡到哈德蘭嘴裡。狩獵者的唇很軟但很冰冷，不復往日熱燙。皮拉歐深深渡了幾口氣，同時在心裡祈求海神放過哈德蘭。

哈德蘭仍然毫無反應。皮拉歐不願放棄，持續不斷地渡氣，反覆用嘴摩挲著狩獵者的唇，輕輕吸吮哈德蘭的唇瓣。

片刻後，哈德蘭本能性地嗆咳。皮拉歐的動作一僵，手忙腳亂地輕輕拍撫哈德蘭的背，引導哈德蘭自行呼吸，狩獵者慘白的雙唇逐漸恢復血色。

皮拉歐久懸在眼眶的淚液終於落下，逐漸平靜的海面晃出淚波。他的薄鰓向外張開，頻頻扇動，心臟跳動得厲害，喜悅的暖流浸潤了全身。

他曾經徒手箝制死亡沙漠的黑蟄蠍后，挺過三條海中霸主黑鷺鯨的圍攻，擊倒狂暴的黑熊之王，但那些豐功偉業都比不上現在這一刻。他贏過了大海，成功地把哈德蘭從海神手裡搶回來。

皮拉歐忽然有種強烈的感覺，經年累月鍛鍊的體力，反覆打磨的精神力，與海洋共鳴的強大天賦，他培養這些能力不是為了當上司琴者，僅僅是為了這一天，為了讓他有能力從東海搶救喜歡的人類。

他心疼地親了親狩獵者的傷腕，將哈德蘭小心翼翼地背在背上，隨即往岸邊游去。哈德蘭嚴重失溫，身上都是細碎的傷口，必須盡快將哈德蘭帶回埃德曼莊園。

「皮拉歐！果然是你！」

嚴肅中帶著氣急敗壞的熟悉聲調，讓皮拉歐猛然回過頭，「爸、伯父，還有艾塔納瓦大長老，你們怎麼——」

「你在東海搞出這麼大的動靜，以為當司琴者就可以為所欲為嗎？」森伏奇氣得壓不住音量，「給我回去殿堂反省！」

「好了。」艾塔納瓦大長老制止暴怒的森伏奇，急促地問，「皮拉歐，你找到藍玫瑰和羊腸弦了嗎？」

「我找到了藍玫瑰，羊腸弦需要去斯堪地大草原獵捕黑虎羊，很快就能拿到。」皮拉歐單手解下隨身攜帶的銀瓶，拋給艾塔納瓦大長老，「藍玫瑰在這裡。」

他快速瞥過身後氣息微弱的哈德蘭，心急地道：「我必須先回岸上。」

艾塔納瓦大長老立刻從銀瓶裡倒出那朵藍玫瑰。藍玫瑰躺在他的掌心，一催動精神力，熱流旋即從根莖的尾端竄進身體裡。

「沒錯，是藍玫瑰，我們可以先開始修復藍金豎琴的琴柱。」他看向皮拉歐，催促道，「你得快一點拿到羊腸弦，時間不多了。」

「大長老，他差點把東海——」森伏奇還要教訓自己的兒子，忽然看到皮拉歐腹部淺淺的傷口，「皮拉歐，你的腹部怎麼了？」

「被一把理斯家族的匕首刺傷，然後又被火燒，現在還沒完全痊癒。」皮拉歐忍住不耐，也不在意事後會被怎麼懲罰，「大長老，那把匕首在埃德曼莊園，我會和羊腸弦一起帶回去。我可以走了嗎？」

他的話震驚了森伏塔，「怎麼會有理斯家族的匕首刺傷你？」

「好了！」艾塔納瓦大長老打斷搞不懂輕重緩急的森伏塔，「皮拉歐，東海的事我會處理，你儘快去找羊腸弦。至於你的傷口，我也會給一個交代。」

事實上皮拉歐不在意他的傷口，只在意他的狩獵者，「大長老、伯父、爸，你們也小心，我會盡快回去。」

他背著哈德蘭，迅速往海岸線游去。

「皮拉歐身上背著的人類，是不是剛剛和變異巨大舞章搏鬥的那個人？」森伏奇瞇著眼辨認，「他的運氣真好，剛好碰上我們。」

「森伏奇，你去跟背鰭耳家族會面，要求他們家族裡共鳴天賦與精神力高的漁人到東海巡邏，如果遇到異變生物，依情況進行獵捕並盡快回報。森伏塔，你跟我一起回北之海域，現在只剩你能彈奏藍金豎琴。」艾塔納瓦大長老率先潛入海中。

皮拉歐，動作快一點，快來不及了。

斯堪地聯邦冒險手記

CHAPTER NINETEEN

第
19
章

The Tales of Skandia Federal

皮拉歐背著哈德蘭游回岸邊，諾魯與幾位漁民站在海岸線不遠的一艘漁船上眺望，一見他們游近，立刻拋下一條繩索。

皮拉歐逕自游過漁船，將哈德蘭放到沙灘上。

諾魯跳下漁船趕來，幫皮拉歐將哈德蘭抬到祖克鳥背上。皮拉歐坐在哈德蘭身後，他抱著狩獵者的腰，用體溫替狩獵者取暖，靠在狩獵者的耳旁低語：「哈德蘭，我們要回去了，你再等等。」

「坐穩，我們要起飛了。」諾魯拉起韁繩，祖克鳥展開巨大的翅膀輕輕扇動，強勁的風壓讓岸邊的漁船左右搖晃。

皮拉歐滿心都是懷中的哈德蘭，他將下巴抵在哈德蘭肩上，一手扶著鞍座，另一手將哈德蘭抱得更緊。哈德蘭在祖克鳥起飛時斜斜地側過頭，左頰輕輕擦過皮拉歐的唇。

皮拉歐忍下再度親吻哈德蘭的衝動，為了轉移注意移開視線，盯著哈德蘭垂落身側的左手腕。

高空之上，大海的氣息散去，纏著手腕的碎布逐漸散出血腥味，與一縷細不可察的甜味。他下腹那道淺淺的傷口忽然感到一絲麻癢，伴隨某種不明所以的渴望。

祖克鳥在諾魯的指示下，停在距離皮拉歐臥房最近的位置，他們合力將哈德蘭抬進房裡，伊修達爾備齊乾淨的衣物與急救藥品進房。

老總管拆下哈德蘭手腕的碎布，用清水洗淨傷口，哈德蘭的左腕仍在滲血，香甜的氣味頓時誘人得令皮拉歐鼻翼微張，薄鰓快速扇動。

那股衝動更強烈了。想吻，想舔，想將哈德蘭流出的血吞噬乾淨。

無盡的強烈渴望瞬間化成了行動，他握住哈德蘭的左腕，俯首舔吻著那道滲血的傷口。

「皮拉歐閣下！」

「皮拉歐！」

他無視旁人的叫喚，親吻皮膚上的裂口，用舌尖細細描繪裂口的形狀。

每一滴熱燙的鮮血都彷彿帶著心脈的律動，與他腰間的匕首「緘默」產生共鳴，落入胃裡的鮮血灼熱地熨燙五臟六腑，下腹的傷口發熱發麻，近日來又悶又脹的暗疼逐漸消失。

皮拉歐震驚地抬首，雙目發亮，璀璨的藍眸像是最上等的藍寶石散出瀅藍流光。

先前他幾度親吻哈德蘭，利齒總會劃破哈德蘭的舌尖。他曾被嘴裡的血腥味刺激得欲望勃發，他以為這是源自對狩獵者的感情與衝動，但顯然不是，是哈德蘭血裡的藍玫瑰在吸引他。

伊修達爾氣勢萬鈞地將哈德蘭的手腕搶過去，仔細地包紮，臉上滿是怒意，好似在忍耐著不對他破口大罵。

皮拉歐深深呼吸，卻絲毫吸不進半點空氣，澎湃的情感在胸膛裡橫衝直撞，他的薄鰓瘋狂扇動，本能地用第二種形式獲取氧氣。如果這件事真如他所想，他簡直罪該萬死。

他走到艾蕾卡身前，輕聲問：「艾蕾卡，我想單獨跟妳說話。」

「我進房的時候，只看到哈德蘭的左手腕有一道傷口，傷口很深，他那個晚上失血過多昏迷，半夜還發起高燒。我差點以為——」艾蕾卡喘了一口氣，眨去湧上的水光，「幸好，他的狀態在後半夜穩定下來。」

皮拉歐用一種奇異的目光看她，那目光極其複雜，彷若帶著極度的悔恨與自厭，又揉雜著釋然與愛戀，強烈的情緒在那雙藍眸裡翻騰，洶湧磅礴，挾帶雷霆萬鈞的氣勢。

「你知道哈德蘭發生了什麼事，告訴我。」艾蕾卡沉下聲，「他救了你，對嗎？」

皮拉歐望向木牆，彷彿能透過薄薄的牆壁看見一房之隔的哈德蘭。

在哈德蘭的生死關頭，他決定放下一切心結，不去計較橫亙在彼此之間的鴻溝。卻沒想到哈德蘭早就搭了一座橋，堅定地走向他，用全心全意的自己向他賠罪。

這些時日，皮拉歐曾經懷疑過，那個晚上他傷得那麼重，藍玫瑰也沒有被使用，自己的身體究竟是怎麼回事，竟發揮超常的自癒能力，第二天早上就恢復大半的氣力？

他不知道當時哈德蘭為了救他，毅然決然地捨去大半身的血，與他一起瀕臨險境。

在那之後的每一天，他被下腹的傷口折磨時，哈德蘭親自獵捕一條條深海魚逗他說話。

當他還在糾結漁人與斯堪地聯邦的立場各異，哈德蘭早就向整個貴族勢力表態，堅定地站在他身邊，宣告與他同一陣線。

他憤怒於盧考夫突如其來的火焚攻擊，哈德蘭就逼迫盧考夫捕捉罕見的彩蝶魚，向他低頭道歉。

這朵藍玫瑰讓他為斯堪地聯邦流了多少血，哈德蘭就用自己的血，加上經營許久的名譽地位賠給他。

「**我要怎麼證明我真的喜歡你，讓你刺我兩刀好嗎？給你我的命好嗎？**」

哈德蘭沙啞炙熱的聲息在他耳畔驀然響起，無法掩蓋的情意宛若海水退潮後一望無際的海岸線般清晰可見。梗在心頭的那一口悶氣，像被誰呼的一聲輕輕吹散消失無蹤。

那股被驟然背叛的痛楚，瀕臨死亡的絕望，皮拉歐再也想不起來。

他突然迫切地想見到哈德蘭，想握著他的手腕親吻，想在他面前再跳一次本心之舞。他要再一次鄭重地求娶他，成為自己的伴侶。

哈德蘭睜眼的那刻，鈷藍色的雙眸占據他的視野，他以為自己還在作夢，本能地伸手想觸碰那雙藍眸，手卻倏地被握住。

皮拉歐握著他的手貼上自己的臉頰，眼神熾熱如烈焰，「哈德蘭，你醒了。」

「皮拉歐——」他的話被漁人驟然的親吻吞進去。

皮拉歐的吻比過往任何一個吻更加熱烈，更具侵略性，強勢地掃蕩哈德蘭嘴裡的每一寸，狠狠吸吮他的舌尖，像要將他吞吃入腹。他震驚於皮拉歐突如其來的親暱，卻控制不住地熱切回應皮拉歐的吻。

火熱的深吻讓他腳趾捲曲意亂情迷，熱燙的呼吸噴薄在彼此的鼻間，他忍不住伸手插入皮拉歐柔軟的白髮間摩挲，將漁人的頭顱壓得更低。唇齒摩擦的聲音煽情至極，他的舌頭被吻得發麻，下意識逸出一聲輕吟。

那點燃了熱烈情欲的引線，皮拉歐將身體壓得更低，伸手探入他的上衣，以指腹揉撫他的乳尖。刺激的快感宛若一條鞭子擊打在尾椎上，哈德蘭渾身一顫。

他再次體會到自己的身體如此敏感，敏感得光是被皮拉歐一碰就丟盔卸甲，主動將柔軟脆弱的乳首往前送，追求更多的歡愉。

「皮拉歐，哈德蘭醒了嗎——噢！抱歉，你們繼續。」

諾魯關懷的問候轉成興致盎然的笑意，正要退出門，就被身後的艾蕾卡一推，「別擋在門口。」

諾魯不懷好意地側過身讓出空間，艾蕾卡踏進房間，「哈德蘭——噢！」她倏然轉身，怪罪地瞪向諾魯，諾魯不在意地聳了聳肩。

哈德蘭早已推開皮拉歐，整理好上衣，強自鎮定地招呼友人，「艾蕾卡，諾魯。」

「感覺怎麼樣？」艾蕾卡快步來到哈德蘭床邊，「你今年真是多災多難，下次要出任務前，先去伊索斯聖堂求個蠍獅綴飾吧。」

「這是我的日常生活，別大驚小怪。」哈德蘭抬起左腕。他現在才有心思檢查傷口，那裡被紗布細心包紮，有些涼冷，應是抹上了探險隊公會特製的傷藥。

他記得去東海之前答應過皮拉歐，要即刻出發去斯堪地大草原。哈德蘭隨即翻身下床伸展身軀，「我們要走了，我要的東西都準備好了嗎？」

「都好了，你們隨時可以出發。真不知道你在急什麼，你應該再多休養兩天，別跟身體過不去。」艾蕾卡例行性地嘮叨，也不指望哈德蘭真的會聽。

皮拉歐沒插話，哈德蘭趕著出發是因為他的催促，他看向哈德蘭的目光充滿無盡感激。

哈德蘭以眼角察覺皮拉歐殷切的目光，近日涼冷的胸膛溢滿暖流。看來，皮拉歐對他的心結終於都解開了。他溫聲道：「艾蕾卡，我們耽擱得夠久了。」

艾蕾卡無奈地搖了搖頭，「馬拉利隊長剛到埃德曼莊園，正帶著法恩斯和盧考夫巡視後面的森林，這裡一切交給我，別擔心。」

諾魯微微一笑，在哈德蘭的示意下吹出花俏的長哨，一聲尖銳的長鳴在窗外應和。

不久，祖克鳥橘紅色的龐大身軀出現在窗外。艾蕾卡與諾魯幫忙把哈德蘭的行李綁在祖克鳥背上，哈德蘭騎上鳥背，皮拉歐忍著心裡的不適跨坐到哈德蘭身後。

「我們走了。」哈德蘭單手握著韁繩，朝艾蕾卡與諾魯揮了揮手。

艾蕾卡探出窗外，吻了吻哈德蘭的臉頰，「你要安全回來。」

她轉頭向皮拉歐凶巴巴地說：「還有你也是。」

接著，以迅雷不及掩耳的速度也親了皮拉歐的臉頰一下，「哈德蘭就交給你了。」

皮拉歐微愣，「噢。」

哈德蘭笑出聲，笑聲的波動透過相貼的身體傳遞到皮拉歐的胸口，那是毫不設防的親暱，一股說不出的愉悅與滿足從皮拉歐身體深處湧出。

祖克鳥扇動翅膀，刀削似的風壓颳過每個人的臉頰。哈德蘭吹了一聲高低起伏的長哨，哨聲響徹雲霄。下一刻，祖克鳥展翅高飛，遠遠不見蹤影。

祖克鳥降落在斯堪地大草原的一處湖畔，垂下頭啜飲湖水。

哈德蘭跳下鳥背，協助皮拉歐下鳥。皮拉歐的臉色有些蒼白但精神不錯，他學著祖克鳥將頭探進湖裡飲水，哈德蘭握著卡托納尖刀檢視周圍。

湖畔不遠處長著一小撮淡粉色的花，哈德蘭走近細看，那是褪色的豔紫荊。他伸指輕碰豔紫荊花瓣，指尖一觸，豔紫荊登時如落櫻般碎散一地。

草原乾枯，湖畔的土地布滿動物雜亂的腳印。黑虎羊通常棲息在長滿豔紫荊的湖邊，這片翡翠湖是黑虎羊最常出沒的地點，但竟不見一隻黑虎羊。而理當長滿湖畔周圍的豔紫荊只剩一株，還褪了色。

他驀地想起總事務官提及斯堪地大草原的大規模動物遷徙，莫非黑虎羊也轉移了棲地？

「哈德蘭，你過來看。」

哈德蘭聞聲上前。皮拉歐甩了甩溼淋淋的白髮，水珠四散飛濺，粒粒反射著陽光。漁人的脖頸、薄鰓和誘人的厚實胸膛都灑滿金珠，哈德蘭悄悄嚥下把每一粒金珠從漁人身上舔掉的衝動。

「這個湖泊死了。」皮拉歐悄聲宣告，留給翡翠湖最後的尊嚴。

「什麼意思？」哈德蘭凝眉。

「這裡面沒有生氣。」皮拉歐凝聚精神力，製造出小型的共鳴漩渦翻攪湖底，水流在湖面翻飛成浪，雪白的浪花層層拍打，共鳴漩渦順著湖畔繞行一圈，但沒有任何生物浮出湖面。

「任何水域都會有生物，再嚴酷的水域環境也有。但是這個湖，就只是水而已。」皮拉歐深感不對勁，「這很奇怪。」

「不只是水，豔紫荊不是褪色就是凋謝，而且沒有半隻黑虎羊。搞得像這裡的生物被什麼東西吸取了生命力，不是死亡就是消失。」哈德蘭本來是開玩笑，話一脫口而出，卻狠狠嚇了自己一跳。

「我們先到附近看看。」他取下祖克鳥身上的行囊，輕拍祖克鳥的頭，讓牠自行活動，便與皮拉歐進行探查。

他們踏過禾草，行走間伴隨著細碎的枯草斷裂聲響，以往會聽見的蟬鳴竟悄無聲息，斯堪地大草原透出一股衰敗的死氣。這是即將沙漠化的前兆。

「據說在兩百多年前，伊爾達特是一片豐饒的樹林。」哈德蘭撥開眼前與他等高的禾草，輕聲道，「現在卻成了死亡沙漠。」

「我也聽艾塔納瓦大長老說過，以前漁人生存的海域遍及世界，現在只剩幾處零星海域能居住，北之海域算是漁人聚落最大的區域。」皮拉歐感嘆，「很多蜉蝣生物消失，深海生物的數量也變得稀少，然後是我們藍金豎琴破裂，不知道下一個是什麼。」

哈德蘭撥草前行，心裡藏著重重思緒。既然他已與皮拉歐開誠布公不分彼此，有些情報也該共享。他有預感，人類與漁人最終得通力合作才能解決種種異象。

他的預感一向很準。思量許久，他開口：「皮拉歐，你聽過摩羅斯科三神器的傳說嗎？」

「什麼傳說？」皮拉歐以手背遮擋刺眼的陽光，倏地警覺地回望。一股涼風吹過，拂開茂密層疊的禾草，分出一條道路，盡頭是一望無際的淺黃色草波。

「怎麼了？」哈德蘭察覺皮拉歐的停頓。

皮拉歐再度回望，搖搖頭，「是風。」

哈德蘭細聽數秒，沒察覺動靜，便繼續說：「在斯堪地大陸曾經流傳一個故事。祭師摩羅斯科與自然生靈合作製作出三項神器，成功封印作惡的聖靈，並趕走惡狼芬里爾，自己卻力竭而死。在他臨死前，曾留下三項神器，世世代代守護斯堪地大陸。」

他停在一塊平坦的岩石處，往上眺望岩石山巒，「時至今日，三神器之中只剩黃金盞在斯堪地大陸代代流傳，由斯堪地聯邦的貴族輪流保管。至於其他兩項神器則下落不明，也沒有留下任何相關文獻。」

「黃金盞。」皮拉歐喃喃自語，「是個酒杯？」

「對。傳言它在危急時刻能撐起一個保護罩，蓋住斯堪地大陸。但是不久前提姆斯基告訴我，黃金盞的效力衰退了。」他看向皮拉歐，留下空間讓皮拉歐思索這些關聯。

皮拉歐很快領略哈德蘭的言下之意，「我們的藍金豎琴壞了，你認為藍金豎琴也是三神器之一。」

「不無可能。如果摩羅斯科是藉助自然生靈製造出三神器，那麼他將其中一項神器交由漁人的祖先保管也說得通。」

哈德蘭試探地朝岩石上方扔擲了一個小石塊，石塊滾進上方的岩洞，他凝神細聽動靜，小石塊滾動的細碎聲響漸漸消失。

「這是你當初答應陪我冒險的原因嗎？」皮拉歐平心靜氣地問。

「不完全是。當時我不知道黃金盞出了問題，也沒有聯想到三神器。」哈德蘭捲起衣袖，露出精健的臂膀，開始向上攀爬岩石。

「斯堪地大陸近年來的氣候變遷問題很嚴重，你記得厄斯里山的冰雪暴嗎？那是千百年來第一次發生。在埃德曼莊園我們還碰上冰雹，這個季節不應該有冰雹，我認為所有的異常現象都是息息相關的。」

皮拉歐微笑，「斯瓦迪斯。」

「什麼意思？」哈德蘭望向下方的皮拉歐。

「發生問題的時候，有人會主動承擔責任，有人會被動等待救援。你是那個主動承擔責任的人。」皮拉歐熱切地看著哈德蘭，以吟唱般的語調道，「你是勇敢的化身，你是斯瓦迪斯。」

氣候變異影響整個斯堪地大陸，發現異常後，有決心承擔責任，有勇氣付諸實行的人卻少之又少。而他喜歡的人恰恰是其中之一。

哈德蘭本性良善，慷慨真誠，把勇敢同化為本能的付出，發揮到淋漓盡致。不枉皮拉歐如此喜歡他，喜歡到能為他耗盡精神力，喜歡到能為他傾盡東海。

皮拉歐毫不保留的稱讚與他眼中的傾慕，讓哈德蘭赧然地別開視線，不自在地轉移話題，「總之，如果藍金豎琴就是第二項神器，那麼還有一項神器下落不明，我推測它也產生了一定的毀損。」

哈德蘭爬進石洞，伸手將下方的皮拉歐拉進洞裡。

冷涼的石洞中殘留著獸類的腥味，哈德蘭拿出夜光石往裡照，石洞裡有一些乾掉的果核與雜草，沒有其他生物。

「這是——」

「鮑獅的巢穴。」哈德蘭撿起果核旁的幾縷毛髮嗅了嗅，「牠們離開不久。」

他帶著皮拉歐爬下岩石，回到草原上，倏然感覺到一絲風象的異常動靜。哈德蘭迅速抽出箭矢射出，草叢之中跳出一隻受驚的幼小黑虎羊拔足狂奔。

他緊追在後。兩人一羊一追一逃，在死寂的斯堪地大草原掀起久違的動靜。

忽地皮拉歐往旁一撲，將哈德蘭完全撲倒在地。同一時間，一頭凶猛的鮑獅從他們身上飛躍而過，張口咬住那隻黑虎羊。

哈德蘭立即抽箭連發三發，兩支箭射中鮑獅的身軀，一支正中牠的左眼。鮑獅放下口中的獵物轉身，右眼睜得血紅，好似陷入狂暴狀態。

牠仰天嘯出一聲獅吼，不遠處傳來數聲獅吼此起彼落地應和。哈德蘭握緊長弓，往皮拉歐靠近。鮑獅群即將來襲。

斯堪地聯邦冒險手記

CHAPTER TWENTY

第
20
章

The Tales of Skandia Federal

「貝索里尼閣下。」

貝索里尼停下腳步，「狩獵者閣下，午安。」

盧考夫露出友善的笑容，「午安，貝索里尼閣下。您今日也要去伊索斯聖堂？」

他受命探查一位聖堂駐手的下落，貝索里尼是最直接的領路人。

「狩獵者閣下，我是要去見我的外孫女。」貝索里尼彎起嘴角，露出慈愛的笑容，「您有空的話，不妨一起來。」

「我的時間很多。」盧考夫爽快地答應，跟著貝索里尼出城。

馬匹停在一處開闊的墓園，盧考夫意外地望著老總管凜然的背影，他斂起表情，規矩地跟在貝索里尼身後，來到一座墓碑前。貝索里尼在瑩白的碑石前方放下一束鮮花，盧考夫不經意瞥見碑石上的姓名，隨即渾身一震，失魂落魄地瞪著墓碑。

伊利雅·萊特茵

生於斯堪地紀元五六三年，卒於斯堪地紀元五八四年。

名字是她，出生年分也與她相符。

盧考夫乾啞地問：「她是您的外孫女？她的父親是不是伍斯·萊特茵？」

貝索里尼彎腰的動作一頓，以一種不可思議的緩慢速度轉過身，聲音微微顫抖，「您認識我的外孫女？」

盧考夫的瞳孔倏地一縮，嗓子彷彿被烈火焚燒般焦灼，每一個字都像冒著灰敗的黑煙，「她為什麼死了？」

貝索里尼長嘆一聲，尾音很輕宛若雲絮，在空中被微風打得碎散，「出去說吧。」

在貝索里尼受到米夏蘭斯基公爵賞識而成為大總管之前，他只是一般僕人，居住在金貝里郊外的小屋，與女兒蓓忒相依為命。

蓓忒面容姣好嬌美可人，隨著年紀增長愈加漂亮，她被貝索里尼教養得天真單純。某日，她在市集結識一位於金貝里進行巡迴演出的雜耍特技師伍斯，伍斯長得俊俏又風趣，與蓓忒年紀相仿，兩人一見如故，迅速陷入愛河，決定共結連理。

貝索里尼不願女兒過著餐風露宿的巡迴演出生活，也認為伍斯的收入不穩定而極力反對兩人交往，沒想到蓓忒竟一意孤行與伍斯私奔，就此斷了音訊。

過了幾年，貝索里尼成為米夏蘭斯基公爵的大總管，深得公爵的信任，在米夏蘭斯基公爵的幫助下，他終於打聽到女兒與女婿的下落。那兩人跟著戲團巡迴演出來到偏遠的城市紐飛特，戲團副團長卻勾搭上當地貴族的妻子，被人抓姦在床，戲團被迫解散，伍斯也隨之失業。

伍斯不敢讓蓓忒知道真相，每日仍偽裝出門表演，實際上卻是到當地酒館買醉，欠下大筆的酒錢。為了還錢，伍斯被人說動進賭場賭博，等蓓忒發現時，他早已欠下鉅額債務。

蓓忒不得不接下多份雜活，替人洗衣服與打掃環境，藉此幫伍斯還債。此刻，昔日金貝里的天真女孩終於懂得父親的憂鬱，卻後悔莫及，最終因操勞過度而死。

她留給伍斯一個女兒伊利雅，伊利雅聰明伶俐，小小年紀就懂得摘花賣錢貼補家用。但伍斯所欠的賭債年年翻倍，討債的惡徒更是經常上門砸毀傢俱，將伊利雅所賺的錢掠奪得一乾二淨，並辱罵毆打萊特茵父女。

父女倆的生活慘澹，日日飢寒交迫。就在此時勞倫諾・貝克其買下伍思的債權，讓伊利雅簽下賣身契，從此以後伊利雅再也沒有自由。

勞倫諾身為貝克其男爵的幼子，外表看起來儀表堂堂，紳士優雅，私底下卻有許多不為人知的癖好。他將伊利雅關在嘉啡索莊園，在臥房裡鎖上鍊條，逼她長期赤身裸體宛若牲畜般生活，徹底剝奪她的人格與尊嚴。

「我在嘉啡索找到伊利雅的時候，她已經很衰弱了。我本來想帶她離開，但勞倫諾手中握有伊利雅的賣身契，他堅決不放手。」

貝索里尼的神色冰冷陰鬱，每一個字都結上一層厚厚的冰霜，「後來在米夏蘭斯基公爵的壓迫下，勞倫諾終於答應放走伊利雅。那一天我把伊利雅接回家，以為終於能和外孫女一起過日子，但當天晚上，我推開她的房門時，只看到她用一根麻繩將自己吊死了。」

盧考夫的喉頭梗著巨石，他試圖推動石塊吐出每一個字，「我以為她過得很好……」

他曾幫忙萊特茵父女擋過幾次討債的惡徒，但終究沒能力幫她改善家境。

在斯堪地聯邦，若想要改變身分地位，進入探險隊訓練營是最快的一條路。一旦從探險隊訓練營結業成為狩獵者，就能賺取足夠的金錢，若成為三級以上的狩獵者，替斯堪地聯邦出任務，連那些重視階級地位的貴族都不得不對他禮遇三分。

當時盧考夫決定進訓練營打拚，但等他自訓練營結業成為三級狩獵者，帶著足夠金幣回鄉時，伊利雅的父親卻告訴他，她已經離鄉嫁人了。

不甘、憤怒與悔恨將他的心撕得四分五裂，他艱難地秉棄私心，安慰自己至少伊利雅沒有跟著他過餐風露宿的艱困日子，卻沒想到她早已落入魔掌危在旦夕。

而他對此一無所知，甚至、也許，還有一絲不願承認的憤恨與羞辱，氣她不願再等一等，他絕不會比她的丈夫更差。當時她在嘉啡索莊園是什麼樣子？在最絕望的時刻，有沒有哪怕一秒想起過他？

「伊利雅是那麼善良的孩子，卻連死後都沒有地方住。」貝索里尼哽咽道，「我求了好幾個墓園，他們都不接受自殺者入葬，最後也是在米夏蘭斯基公爵的幫助下，她才能安穩地住在這裡。」

盧考夫試了幾次，終於從喉頭擠出一點聲音，「勞倫諾那傢伙人在哪？」

「他還過著好日子。」貝索里尼看出盧考夫憤怒下的不解，嘆息道，「他的父親是貝克其男爵。」

貝索里尼的語氣好似在這麼多年以後，早已看清權勢享有的豁免。

「但是審議庭——」

「狩獵者閣下。」貝索里尼打斷他，「嘉啡索是貝克其男爵的封地，他同時作為嘉啡索審議庭的主審官，不會受理這起事件。」

「那還有聯邦審議庭——」

「那需要當地審議庭協助送審。」貝索里尼頹喪的背脊像一截被雷電劈裂的枯木，「狩獵者閣下，說實話，我不管勞倫諾怎麼樣，也不在乎他有沒有受到懲罰，我只想要我的伊利雅回來。」

盧考夫失魂落魄步履蹣跚地回到埃德曼莊園，站在門口凝望這棟雄偉的建築。無盡的痛苦與悔恨如浪潮般鋪天蓋地襲來，將他完全淹沒。

他感覺自己即將窒息。在伊利雅最艱苦的時刻，他沒能知悉伊利雅的困境，沒能洞見她的痛苦，他唯一做的只是遺棄青澀的夢想，將狼狽的自己鎖在過去，以此滋養他不甘平凡的靈魂。

最終，他成了小有名氣的一級狩獵者。而夢中的女孩成了一具冰冷的屍體，再也無法睜開眼睛。

失之交臂的苦痛反覆折磨盧考夫的心，他的胸膛逐漸積滿無法宣洩的躁動情緒。而最令他難以接受的是，造成這一切悲劇的始作俑者竟沒有受到一點懲戒。

他雖然體會過無權無勢與階級落差，但長年待在不論階級只論功動的探險隊，而狩獵者又有一定程度的社會地位，以致於幾乎無法想像在那些看不見的運作背後，貴族竟能掩蓋這驚天的罪責。

這個世界怎麼會這樣？一條人命的消殞，不是應當以眼還眼，以牙還牙，血債血償嗎？

哈德蘭是第二次被鮑獅群圍攻。

前一次他領著一群歷練不足的訓練生，為了確保每個人的安全，只能以身犯險，直攻領頭的鮑獅；但這次他已有多年歷練，而在他身邊的是皮拉歐，久違躍躍欲試的刺激感在他的血液裡奔騰。

「哈德蘭，前面的五隻都是我的，後面四隻留給你。」話才落下，皮拉歐已經跳到其中一隻鮑獅身上，揮拳猛揍。

哈德蘭失笑，同時連發四箭，箭箭正中四隻鮑獅的右眼。四隻鮑獅頓時大聲嚎叫，右眼窩成了一個血洞，劇痛與血腥味讓鮑獅變得加倍狂暴，朝他奔來。

跑在前頭的兩隻鮑獅距離過近，拉不開射程，哈德蘭先發兩箭射中後兩隻鮑獅的左眼，而後反手從腰間抽刀，一左一右同時插入前頭兩隻鮑獅的脖頸。他下手的時機又狠又準，卡托納尖刀鋒芒銳利，兩隻鮑獅先後倒地，脖頸猛然噴發出大量鮮血。他往後跳開，勉強避過血淋當頭的處境。

失明的兩隻鮑獅抓不準方向，頻頻轉圈相撞。哈德蘭不理會牠們，看向皮拉歐。

彷彿意識到他的視線，皮拉歐在同一時刻抬眼，藍眸透亮，意氣風發地咧嘴而笑。在他身旁倒著五隻鮑獅。

那笑容過於燦爛耀眼，看得哈德蘭忍不住跟著微笑。他輕輕招手，「過來。」

皮拉歐輕快地跑上前。哈德蘭用手帕仔細替皮拉歐擦掉臉上的鮑獅血，以拍撫祖克鳥的方式輕拍皮拉歐的臂膀作為稱讚，隨後將那隻受傷的小黑虎羊抱起，回到翡翠湖畔。

哈德蘭替小黑虎羊洗淨傷口後包紮，小黑虎羊發出細細哀鳴，他來回輕撫牠的背脊，直到小黑虎羊在懷裡陷入沉睡。

「你很擅長和動物相處。」皮拉歐欣羨地看著躺在哈德蘭臂彎的小黑虎羊。

他目光之中的急切渴望讓哈德蘭輕笑出聲，哈德蘭忽地問：「你也想躺嗎？」

「我想躺大腿處，像在埃德曼莊園那樣。」皮拉歐熱切地靠坐過來，「可以嗎？」

哈德蘭不會拒絕這點微不足道的要求，他伸長精壯的左腿，「躺吧。等牠醒來要一段時間，我們還得靠牠帶我們尋找其他黑虎羊。」

皮拉歐枕上哈德蘭的腿窩，仰望哈德蘭。哈德蘭正好垂首俯視他，陽光在哈德蘭的黑眸閃爍，眼底的星河全染上帶金的褐輝，他伸出手，想碰觸那雙眸裡的星辰。

他的手被哈德蘭握住，「做什麼？」

「想抓星星。」他說。

哈德蘭聞言抬頭，遙望萬里無雲的晴空，「哪裡有星星？」

皮拉歐朝他勾勾手指，「你低頭，我跟你說。」

哈德蘭垂下頭，皮拉歐湊近他的耳邊，彷彿在訴說祕密般悄聲道：「在你的眼睛裡，只有我能看見。」

他的嗓音輕柔，每一個字都能流出最上等的麟花蜜，甘甜而純粹。

哈德蘭驀地笑出聲，他對上皮拉歐的目光，正想叫皮拉歐別學斯堪地聯邦那些貴族的甜言蜜語，卻猛然在那雙無垢的藍眸裡看見自己的倒影。

如果皮拉歐在他的眼裡看見星辰，那他就是在皮拉歐的眸底看見一片廣闊，看見水天一色，看見碧海藍天。那是如此純粹的靈魂，如此真誠的心意。

在這無與倫比的寂靜時刻，澎湃的情感一下子衝破了理智，從所有的感官一股腦蜂湧而出，這樣陌生洶湧的感情讓他手足無措。

半晌，某股釋然的情緒從身體裡釋放，哈德蘭終於不再掙扎，放任自己沉浸在磅礡的感情裡，眼簾半闔悄然承認。

「你的眼睛裡有一片廣闊的大海，我每天都在克制自己不要跳進去。」他握住皮拉歐的指掌，貼在右頰上笑著輕嘆，「但是我失敗了，現在我要溺死在你的眼睛裡了。」

此刻他才知道，原來一個人的身體裡，竟能湧出這麼多的喜歡，這麼多的沉迷。

夜裡小黑虎羊驀地睜開雙眼，牠跳出哈德蘭的懷抱，往翡翠湖的東南方奔跑。哈德蘭與皮拉歐無聲無息地潛伏在小黑虎羊的身後。

小黑虎羊拐進一小片樹林，樹林裡有一灘水窪，那裡躺著一隻成年的大黑虎羊。小黑虎羊以頭頂了頂大黑虎羊，後者沒有一絲動靜。

小黑虎羊竄到大黑虎羊的腹側窩著，哈德蘭與皮拉歐輕手輕腳地從牠背後緩緩接近，小黑虎羊警覺地跳起身，擋在大黑虎羊面前。

哈德蘭與皮拉歐已經來到夠近的距離，足以嗅聞到大黑虎羊身上飄出的瀕死氣息。哈德蘭半蹲下身揉了揉小黑虎羊的頭，小黑虎羊靠氣味認出哈德蘭是幫自己療傷的人類，牠放下警戒，期待地看向哈德蘭。

哈德蘭不忍心地別開目光，大黑虎羊身上沒有傷口卻骨瘦如柴，黑黃相間的毛髮乾裂得毫無光澤。哈德蘭認真地對小黑虎羊道：「牠死了。」

小黑虎羊咬著他的衣袖，往大黑虎羊的方向拖。哈德蘭將牠抱起湊到大黑虎羊的鼻側，再次強調，「牠沒有呼吸了，牠死了。」

小黑虎羊用頭頂了頂大黑虎羊的鼻子與嘴巴，但無論如何努力，大黑虎羊都沒有反應。牠頹喪地垂下頭，哈德蘭看得有些難過，他放下小黑虎羊，觀察四周環境。樹林深處有黑虎羊的足跡。

哈德蘭與皮拉歐往樹林裡走，那裡有一片死去的黑虎羊。部分黑虎羊已死亡多時，產生腐爛的屍臭；部分的黑虎羊剛死不久，身形如同他們剛剛發現的那隻黑虎羊般瘦弱，沒有外傷。他們不是餓死，就是病死。

哈德蘭探索這片樹林，樹林裡沒有一株豔紫荊，他猜不透黑虎羊為何會離開翡翠湖來到這片樹林，在沒有食物的情況下，牠們極有可能都是餓死。

斯堪地大草原上的動物遷徙的原因，是為了尋找食物嗎？或者牠們打算死在別處，化成腐肉，回歸草原？

哈德蘭環視眼前一片黑虎羊的屍體。也許，兩者皆有可能。

他們回到樹林外側，找到那隻剛死不久的黑虎羊。小黑虎羊趴在牠附近，毫無生氣。

哈德蘭將牠抱起身，對皮拉歐道：「你要做羊腸絃，就取走這隻黑虎羊的羊腸吧。」

皮拉歐有些不忍。哈德蘭背對他，抱著小黑虎羊走回樹林深處，「動作快，想想你的任務。」

皮拉歐回過神來，以藍寶石匕首「緘默」輕巧地劃開黑虎羊的腹部，割取一小部分的羊腸。他用附近的水窪洗淨「緘默」與羊腸，將羊腸一端綁在樹幹上，繞著樹幹轉圈，拉扯羊腸的另一端。黑虎羊的羊腸韌性極強，皮拉歐繞了十幾圈，才將羊腸拉到底。

為了風乾羊腸，他們在斯堪地大草原待了幾日。等皮拉歐捲起定型的羊腸紘，收進乾淨的玻璃瓶後，他們回到翡翠湖旁。哈德蘭呼喚祖克鳥，帶著小黑虎羊與皮拉歐一同飛行。

皮拉歐要回北之海域，小黑虎羊則要送到探險隊公會設在左拉爾的動物保護區。左拉爾距離此處不遠，哈德蘭便決定先送小黑虎羊到牠的新家。

當晚祖克鳥停在動物保護區的大門外，動物飼育員已經歇息，守衛處的大門深鎖。哈德蘭將小黑虎羊與一封信留在大門口，卻隱約見到公布欄上一幅畫像。他拿出夜光石照向公布欄，赫然看見他的名字與肖像畫貼在公布欄上方。

《全境通緝令》

哈德蘭．杜特霍可，一級狩獵者，危險指數三千分，通報獎金一萬枚金幣。

若有民眾見到此人，請急速通報探險隊公會，切勿與此人發生衝突。

斯堪地聯邦冒險手記

CHAPTER TWENTY-ONE

第21章

The Tales of Skandia Federal

數日前，斯堪地聯邦首都．賽提斯，埃德曼莊園。

巨大的野豬被法恩斯單手扛在肩上，身形挺拔的馬拉利走在左側，搖頭感嘆：「我跑了這麼多地方，從沒見過這麼大隻的野豬，還以為自己是迷路到哪個特別知名的豬圈裡。」

「隊長，你還沒看到上次哈德蘭在森林裡獵的巨鹿，提姆斯基把鹿頭裝飾在他的書房，你真該去參觀那對健美的鹿角。」法恩斯跨過整片草皮，走向莊園後方的廚房側門。

「有一天我會的。今天幸好是你跟來巡邏，否則單憑我一個人無法扛回這頭大得跟牛一樣的野豬。」馬拉利讚嘆道。他看著力大無比的法恩斯單手推開側門，招呼人手幫忙把野豬扛進儲藏室。

「拉欽——就是我大哥，老是說我全身所有的養分都長到肌肉上，沒留給大腦。」法恩斯半開玩笑，「幸好身為一個狩獵者，肌肉比腦袋重要。」

「察覺危險的本能最重要。」馬拉利透過半開的側門，遠眺莊園後方的森林，「幫我轉告艾蕾卡，別讓人靠近那裡。」

「在哈德蘭發現巨鹿那天，我們就已經交代過僕人，也提醒所有的貴族了。」法恩斯卸下野豬，從水桶裡舀出清水洗手。

不遠處，一聲嘹亮的長鳴劃破雲霄，強勁的風壓颳過莊園前方的草皮。

「誰呼喚了祖克鳥？」馬拉利問。

「大概是諾魯。」

法恩斯與馬拉利相偕走出廚房，瞧見祖克鳥背上背著兩個人飛離莊園。法恩斯靠衣著辨認出哈德蘭與皮拉歐，「那是……」

「馬拉利隊長。」

低沉的嗓音來自不遠處，馬拉利聞言回頭。已近中年的雪禮詩伯爵雙手背在後方，偏淡的棕髮在烈陽下幾近雪白。

「雪禮詩伯爵閣下，午安。」

雪禮詩伯爵無視壯碩的法恩斯，目光銳利地盯著馬拉利，「我早上才跟米夏蘭斯基公爵抱怨，狩獵者的水準愈來愈低。」

馬拉利常年和這些盛氣凌人的貴族打交道，也不在意伯爵字裡行間的尖酸刻薄，「雪禮詩伯爵閣下，有什麼我能為您效勞？」

「當然有。我已經和米夏蘭斯基公爵、柯法納索瓦公爵、諾埃克森公爵、哈爾登侯爵，與玫琪絡子爵商量過，我們一致認為杜特霍可未經核可私自使用斯堪地聯邦的一級貴重物品，探險隊公會必須予以懲戒。」

法恩斯收緊掌心，慶幸自己方才沒有暴露哈德蘭的下落。

「我完全能理解您的不滿。」馬拉利接下這份高高在上的抱怨，「但是我相信，身為一級狩獵者，哈德蘭應有不得不為的理由。」

「呵。」雪禮詩伯爵輕慢地嗤笑，「救治漁人算什麼正當理由？」

馬拉利眼角微抽，方才在森林裡巡邏時，法恩斯大致提過整起事件的經過。他雖驚訝於哈德蘭未經呈報就用掉整朵藍玫瑰，但哈德蘭的行事向來得到總事務官全權授權，所以他也習慣全盤接受。無論如何，哈德蘭的處分都必須交由總事務官決定。

「探險隊公會將根據哈德蘭的行事，做出最公正的回應。」

「最好如此。」雪禮詩伯爵微扯唇角，短短的八字鬍將他的嘴唇襯托得更加苛薄，「否則斯堪地聯邦將會縮減探險隊公會的預算。」

法恩斯目送雪禮詩伯爵傲然離去的背影，憂心忡忡地解釋：「哈德蘭是為了救人，不管他救的是誰，都不應該受到責罰。」

馬拉利揉了揉眉心，「這件事沒那麼簡單。」

根據總事務官的推測，行刺漁人的主謀與他們接連碰到的幾起暗殺都是同一個主使者，那人必定是斯堪地聯邦的貴族之一，爵位在伯爵以上，當然也包括雪禮詩伯爵。

「法恩斯，我認為雪禮詩伯爵太過針對哈德蘭，他有什麼親友受到重傷，非得使用藍玫瑰嗎？」馬拉利問。

法恩斯皺起眉，在記憶中努力翻找拉欽與艾蕾卡的閒聊，「我好像聽拉欽說過，雪禮詩小姐自出生時身體狀況就不太理想，經常生病，所以伯爵很寵愛她。」

「傳聞中，藍玫瑰對病患並無幫助。」馬拉利搖頭。這也是為什麼他和總事務官在列出嫌疑者之後，優先劃去對柯法納索瓦公爵的懷疑，因為藍玫瑰無法治癒心臟方面的疾病。

馬拉利放棄思考，決定把這一切交給睿智的總事務官定奪。

「我要回總部覆命，你和諾魯、盧考夫就留在埃德曼莊園，多去森林巡邏，也避免暗殺再度發生。」他忽然想到消失許久的狩獵者，「你有看到盧考夫嗎？」

「他和貝索里尼有事要談。」法恩斯隨口道。

馬拉利赫然轉身，「米夏蘭斯基公爵的總管貝索里尼？」

「隊長，你也認識貝索里尼總管？」法恩斯難掩詫異。他出身貴族世家，自然熟悉其他貴族的家僕，但馬拉利向來只跟狩獵者打交道，偶有認識的貴族，也是因任務需求才熟悉。

「他是米夏蘭斯基公爵的總管。」馬拉利的臉色異常嚴肅。

貝索里尼曾經在基里部落出沒，不久特別行動騎士隊從基里部落搜出一把藍寶石匕首，隨後騎士隊遭到刺客攻擊，接著藍寶石匕首失竊，羅素副隊長被暗殺。現在這把藍寶石匕首突兀地出現並刺傷漁人，巧合的是米夏蘭斯基公爵偕同貝索里尼正在此作客。而盧考夫在火攻漁人後，開始與貝索里尼親近。

另一方面，刺客脖頸上的項鍊刻著鮑獅，正是米夏蘭斯基公爵的家徽。目前為止發生的每一件事，都能與米夏蘭斯基公爵扯上關係，就算他們尚未查出暗殺事件的幕後主使者，也能看出米夏蘭斯基公爵必然牽涉其中。

憑米夏蘭斯基公爵的身分地位，私下豢養一群紀律嚴明的刺客，並瞞過斯堪地聯邦與探險隊公會，那是輕而易舉。若果真如此，一切將會變得非常非常棘手。

馬拉利想，是誰都可以，卻偏偏是米夏蘭斯基公爵——探險隊公會會長的親哥哥，即將掌管黃金盞的下任摩金，斯堪地聯邦威勢最強、聲望最高、財富最盛的貴族。論心計，更是無與倫比。

馬拉利嘆出很長一口氣，彷彿這樣就能將所有的憂愁從胸中一吹而散。

「法恩斯，要盧考夫小心一點，別跟貝索里尼走得太近。」馬拉利隱晦勸道，在總事務官定奪之前，他不能洩漏太多資訊。

「貝索里尼總管有什麼問題嗎？」法恩斯難以置信，但在看到馬拉利苦不堪言的表情後，改口道，「我知道了，我會提醒他。」

馬拉利抬頭遙望天空，「我今天要回總部，希望下午不要下雪。」

法恩斯本想開玩笑說「這時節哪會下雪？」卻突然想到在漁人暗殺事件那一天，天空竟罕見下起了冰雹。

「那你趁天氣晴朗時回去吧。」他改口道。

盧考夫自認不是多虔誠的聖徒，他與其他長年穿梭在未開發地域的狩獵者同樣，比起摩羅斯科，他對自然神靈的敬意更多。不過他連著數日跟隨貝索里尼在伊索斯聖堂參與晨禱，逐漸習慣在每日早晨探索自我。

他仰望聖堂天頂下方栩栩如生的摩羅斯科神像，神像雙手合十，神情肅穆沉靜。祂在祈求什麼？是萬世清平，眾人皆喜樂？

優美的禮樂在聖堂迴盪，聖堂祭師帶領聖徒吟唱晨禱。他閉上眼睛，在心裡默默唱著逐漸熟悉的禱詞——心有所願，便能得償所望。

斯堪地大陸的人民即使供奉著其他神靈，但摩羅斯科向來是聖徒最後的信仰，最終的希望。一如祂當初憑一己之力，奮不顧身地保護斯堪地大陸，摩羅斯科會撫慰最絕望的聖徒，為那些走投無路的聖徒展現神蹟。

這些口耳相傳的神蹟也許被一般人視為是狂熱者的妄想，但摩羅斯科的聖徒們仍然是斯堪地大陸最龐大最堅貞的信眾群體。

「克雷斯特閣下。」貝索里尼壓低聲音叫喚。

盧考夫回過神，「貝索里尼閣下。」

「晨禱已結束，我還有些事情要辦。您若無事，便自行回莊園吧。」貝索里尼露出親和的微笑，神態柔和。

這是自探訪伊利雅之後，這位面色愁鬱的老總管第一次露出笑顏。盧考夫不免驚訝，「發生什麼好事情，讓您如此高興？」

貝索里尼的態度轉變是在晨禱之後，原因很可能發生在晨禱期間，那會是什麼？與他正在探查的聖堂駐手有關嗎？

他試探性地問：「我大膽猜測您的要事與聖堂相關？不過不管是什麼，我都為您高興。」後一句話他說得很真誠。他授命探查貝索里尼的行蹤，與關懷初戀情人的外祖父並不衝突。

貝索里尼看向盧考夫的褐色瞳眸裡帶著幾絲猶豫，隨即想到自己與盧考夫之間的連結。外孫女是他放在心上的羽毛，而傾慕外孫女的男人看起來光明磊落，胸懷坦蕩，出手就直擊漁人要害，滿心都為了斯堪地聯邦著想，和勞倫諾那個敗類不能相提並論。

如果當初伊利雅再等一等盧考夫就好了。貝索里尼的態度以肉眼可見的速度緩和下來，他放下一半的戒心，向盧考夫坦承道：「我要去見伊利雅。」

盧考夫瞬時眼角微抽，緊抿著唇，惆悵迅速從他的眸底漫延而開，整個人都被一層哀傷的光暈籠罩。他放軟的聲調裡有幾絲哀求，「我也想去祭拜她。」

貝索里尼在心裡輕嘆，這個男人還沒有脫離伊利雅慘死的消息所帶來的衝擊，從他知情到現在也不過數日。貝索里尼已有好幾年的時間從憤怒、哀傷、空洞的情緒中走出來，他太清楚心愛的人無辜慘死，對成年人的心智帶來多大的打擊。

老總管懷著幾絲對盧考夫的憐憫與共情，邀請道：「走吧，跟我一起看看伊利雅。」

盧考夫跟上去。他起初以為他們要去墓園，貝索里尼卻帶他走往伊索斯聖堂後方的小木屋。

木屋裡瀰漫著某種不知名的香味，屋內聚集不少聖徒，他們穿著斗篷罩住全身，神情帶著幾絲興奮，與平常長年愁鬱的模樣完全不同。

盧考夫有些詫異，他的詫異持續到聖徒們熟練地按照站位進行儀式，並在儀式完成後看到摩羅斯科浮在空中的半透明半身身影時，轉成了駭然的驚詫。

這是什麼神祕的技法，能讓人產生如此誇張的幻覺？

他強自鎮定，不安地低喚：「貝索里尼閣下。」

貝索里尼並未搭理盧考夫，他作為伊索斯聖堂最大的資金捐獻者，向來能夠第一個許願。

「我崇敬的摩羅斯科大人，請讓我看一眼我最愛的外孫女伊利雅吧。」

摩羅斯科垂眸望著貝索里尼，好似在辨認這個要求過不過分。

「我的聖徒，在回應你的祈求之前，告訴我，你是否帶領更多迷途之人來到我的庇護之下？」

空靈的神音驀地在腦中響起，彷彿有人在他的大腦裡說話，盧考夫驚詫地用力揉搓耳朵。

「我崇敬的摩羅斯科大人，我已說服米夏蘭斯基公爵重新考慮籌建更多聖堂，那將能廣泛傳播您的恩澤，吸引更多的聖徒前來尋求庇護。」貝索里尼半彎下腰，虔誠地回答。

「藍玫瑰呢？」

「沒能拿到藍玫瑰實在很抱歉，哈德蘭為了拯救那隻低賤的漁人用掉了。請您對哈德蘭降下責罰吧。」

貝索里尼冷淡的聲調裡帶著宛若山洪即將暴發般的憤怒，盧考夫不由得心中一凜。另一方面摩羅斯科的沉默彷彿長到接近永恆，他感覺到無以名狀的精神壓力，冷汗冒出背脊。

「無妨。迷途之人的智慧不足以理解藍玫瑰的效用，不須過於苛責。我的聖徒，你做得很好，我將回應你的祈求，你將得償所望。」

得償所望。這句話讓盧考夫的心臟怦怦直跳，那代表他也能再看到伊利雅？

他多想再見見伊利雅，不是冰冷石碑偽裝而成，是她真正的溫暖肌膚與柔情似水的笑顏，就算是幻覺也好。

一陣煙霧後，女人半透明的身影在空中浮現。她吊在一根麻繩上，全身赤裸，身上都是血痕。僅僅看一眼，盧考夫立刻雙目赤紅痛怒交雜。他衝上前想觸碰她，女人的身影卻在伸手碰觸幻影的那刻，迅速消失無蹤。

盧考夫粗喘著氣，瞪著空曠的角落，半晌，他轉身望向貝索里尼。老總管的眼裡滿是悲痛與憤恨，卻沒有絲毫驚訝，像是早就看過同樣的場景千百次。

盧考夫瞪著貝索里尼，慢半拍地意識到，這不是貝索里尼第一次看見伊利雅破敗的身體，不只是在她生前，更在她死後。

傳說中，自殺者必須不停重回生前最痛苦的一刻，那是對自殺者的懲罰。所以伊利雅死後，在冰冷的地底仍然受到與生前同樣的折磨。

而她年邁的外祖父只能徒勞地看著她痛苦，一遍又一遍。不只如此，貝索里尼儘管知道會看到什麼，但只要能再見外孫女一面，他願意忍受這種無能為力，這種痛徹心扉。

這不可能是幻覺，幻覺做不到這種程度——摩羅斯科真的顯靈了。

當摩羅斯科開始回應下一位資金捐獻者的願望，盧考夫走到貝索里尼身側，輕聲問：「該怎麼做？」我該怎麼做才能幫你，幫伊利雅脫離這種困境？

貝索里尼紅了眼眶，他先是輕輕搖頭，又說：「摩羅斯科大人的力量還不夠，祂需要更多的信仰。等到回復神力，祂答應會從無盡深淵中拯救伊利雅，讓她回到我的身邊。」

整個斯堪地聯邦都知道，摩羅斯科不只擁有最多的聖徒，也會吸引最無望的民眾前來祈願，因為他們痛到絕望且走投無路。

人會被憤怒驅使到什麼程度？盧考夫走出小木屋時，暈眩感籠罩他的五官，彷彿走在懸崖邊搖搖晃晃，似乎一分神就會墜落深崖，萬劫不復。等回過神來，他已經驅馬出城。

他說不出自己想做什麼，憤怒與懊悔將他的精神繃到極致。他不眠不休地騎了一天一夜，來到北方兩百公里外的嘉啡索——貝克其男爵的封地。

盧考夫將馬綁在小河邊的樹幹上，走上田埂之間的小道，這裡的小麥顯得有些萎靡，田裡處處可見殘冰。他彎下腰撈起碎冰，水面映出滿布鬍渣的臉。他來這裡做什麼？伊利雅不在這，而在無盡深淵裡。

「貝克其閣下，謝謝您救了我。」

少女嬌笑的嗓音隨風飄來。盧考夫恍惚地回過頭，隔著一大片田看見一名身穿正裝的金髮貴族將手臂半舉在胸前，對面前的少女致意。

「別擔心那些惡徒，從今天開始，妳只要待在嘉啡索莊園，一切都會沒事。」勞倫諾的嗓音清亮，與生俱來的禮儀將他襯托得更加高雅華貴，英俊挺拔的面容帶著恰到好處的和煦笑容，一頭金髮彷彿溫度正好的朝陽，明亮卻不炙熱。

誰能想到他私底下有那麼多殘虐的癖好，能將女人凌虐致死？

「能遇見您是我的幸運。」少女的輕笑中不掩愛慕，「我一定會努力將欠您的錢都還清的。」

盧考夫眼角微抽。他聽出一點端倪，伊利雅所遭遇的一切正在重演。

「別擔心錢的事，跟我來嘉啡索莊園，妳會喜歡以後的生活。」勞倫諾花言巧語哄騙道。

盧考夫無法再聽下去，他的腦海裡驀然浮現伊利雅渾身赤裸布滿傷痕的殘影，好不容易才沉澱的憤怒瞬間占據了理智。

被貝克其看上絕非幸運，而是不幸的詛咒。他不能放任勞倫諾繼續殘害無辜，讓下一個少女步上伊利雅的後塵，毫無人權與尊嚴地消失在幽深的嘉啡索莊園。

身體比理智更快一步，盧考夫衝出田園小道，氣勢洶洶地朝勞倫諾揮了一拳，他的拳頭很重，勞倫諾踉蹌地後退，身旁的少女已經開始尖叫。

勞倫諾的五官被揍得血肉模糊，金髮染上鮮血，風度翩翩的貴族紳士在他的拳頭下奄奄一息。盧考夫並未消氣，他早該揍這一拳，只要一拳就能讓勞倫諾打消買下伊利雅的邪惡念頭，他的伊利雅就不會在最好的年華逝去。

他打了貴族，貝克其男爵不可能會放過他，既然都要受罪，不如多揍幾拳，替伊利雅討回公道。他的拳頭起起落落，金髮貴族漸漸不再抵抗，不知何時，少女的尖叫已經消失。

天空忽地一陣響雷，落下滂沱大雨，盧考夫的右拳握得死緊無法自行張開，他只好用左手一根一根扳開右手僵硬的指節。

「身爲狩獵者，我願盡我所能守護斯堪地聯邦。」

勞倫諾躺在他的腳邊，盧考夫輕輕踢了勞倫諾，金髮貴族毫無反應，在他身下的鮮血隨著雨水緩慢流逝。

「我不因自身條件欺辱他人，也不因身分地位而區別對待。」

盧考夫慢慢蹲下身，伸手探查勞倫諾的鼻息，金髮貴族已無呼吸。

「我以狩獵者之名起誓，盡我餘生，守此誓言。」

雨勢磅礴，將勞倫諾身上的鮮血逐漸洗淨，金髮凌亂地垂在他蒼白的俊容，竟有幾絲詭異的美感與寧靜。

「若違此誓，我願被寒冰凍骨，被烈火焚燒，我的靈魂將被禁錮在無盡深淵，永不見天日。」

盧考夫亢奮的情緒被大雨冷卻，他茫然地看著眼前的屍體，腦中浮現伊利雅上吊時的慘狀。他將勞倫諾的屍體擺布成跪姿，朝向伊利雅所在墓園的方向，上身伏地。

他盤腿坐在勞倫諾身側，望向南方，喃喃自語：「伊利雅，他去陪妳了。妳會高興吧。妳會高興嗎？」

究竟，人會被憤怒驅使到什麼程度？

他加入探險隊公會的第一天，就被一再告誡狩獵者比一般人更強壯。探險隊訓練營結業當天，所有訓練生都必須在探險隊公會的廣場上立誓，除卻任務，他們絕不輕易對斯堪地大陸的居民拳腳相向。

盧考夫沒想過有一天會徒手把一個人活活打死，也沒想過會對此毫不後悔。畢竟一條人命的消殞，應當以眼還眼，以牙還牙，血債血償。

艾蕾卡慶幸自己是在餵完蕾西之後才接到信。

社交季漸入尾聲，她送別了貴族們，以為能得回一點悠閒時光，壞消息卻宛如突如其來的暴雨讓她措手不及。

她以為收到哈德蘭的全境通緝令已經是這十年來最不可思議的一件事，卻沒想到馬拉利親自寫了一封信告知——盧考夫被警備隊帶走，關押在聯邦審議庭的候審室，罪名是殺人。

她瞪著眼前兩張羊皮紙，彷彿紙上的文字紛紛立起來扭動，她忽然荒謬地希望這些文字都消失不見，一切都未發生。

「在看什麼？」

提姆斯基清冷的語調喚醒她的神智，艾蕾卡五味雜陳地將手中的通緝令與密信遞給丈夫。提姆斯基瞥過一眼，無所謂地道：「別操心這點小事。」

「這怎麼會是小事！」艾蕾卡震驚地拍著茶几，殘餘的紅茶漾起漣漪，扭曲了她的倒影，「哈德蘭怎麼可能會被通緝？盧可怎麼可能會殺人？」

提姆斯基冷淡的目光彷若毫無波動的水面，當被他這樣注視時，艾蕾卡竟下意識反省自己的大驚小怪。

「艾蕾卡。」提姆斯基平靜地說，「這些事就是發生了，沒有什麼不可能。」

「但是……」艾蕾卡微閉雙眼，深吸一口氣平復心情，「我得寫信通知哈德蘭，叫他暫時別在賽提斯現身，還得去審議庭遞交會面申請探望盧可，這件事一定有什麼誤會。我記得狩獵者在審議庭受審時，可以向探險隊公會申請專案辯護師。」

「艾兒。」提姆斯基翻閱手中的羊皮紙，「這不是普通的罪，在斯堪地聯邦殺人就是得償命。就算辯護師能找到夠充分的理由替他減刑，貝克其男爵也會讓他沒有死刑以外的選項。」

艾蕾卡宛若被投擲的巨石擊中，頹然地坐下，「這一定有什麼誤會，盧可不可能殺人。」

「艾兒，妳不知道一個人崩壞的時候，可以壞到什麼程度。」提姆斯基走到妻子身邊，指掌摩挲著她的肩頭，他俯身含住艾蕾卡小巧圓潤的耳垂，「就算是我，也沒什麼不可能。」

艾蕾卡輕輕顫抖，若是論體魄與身手，她可以輕易推開提姆斯基，但當丈夫迫人的熱燙氣息在耳畔流竄時，她渾身都失去了力氣，「提姆，別這樣。」

「每個人的心裡都住著一隻野獸，我們用禮儀與規範將野獸套上枷鎖，但有些人的心沒有枷鎖，或者有一天枷鎖壞了，野獸就跑出來了。」提姆斯基呢喃著，「艾兒，妳是我的枷鎖，所以用盡妳的全力把我栓牢，別浪費力氣在其他人身上。」

艾蕾卡放任丈夫慢慢吮吻她，她的丈夫向來喜歡利用威脅向她撒嬌，她揉撫著提姆斯基的後腦，在心裡輕嘆。

無論如何，不管是哈德蘭、盧考夫，或是提姆斯基，她都不可能撒手不管。

哈德蘭被通緝一事相當突然，盧考夫的殺人案也啟人疑竇，她不得不去懷疑這一切都被有心人士暗中操縱。

她得先去探險隊公會總部一趟，一方面申請調閱相關檔案，釐清哈德蘭的通緝令，一方面替盧考夫申請辯護師爭取減緩刑罰。她側首親了親丈夫高挺的鼻梁，輕聲保證：「別擔心，我不會不告而別的。」

艾蕾卡隨即得到一個近乎被勒斃的擁抱。

牆壁很冰冷，即使隔著點距離，也能感受到石壁泛出的寒氣。若是尋常人在候審室裡住上幾日，勢必會受寒受凍引發病症，不過若和盧考夫即將要面對的罪刑相比，在涼冷的候審室裡住著只是享受餘生。

盧考夫犯下無從抵賴的罪行，對於審議庭的判決早有心理準備，待在候審室的時光不過是讓他在有限的日子裡苟延殘喘。

他沒有後悔替伊利雅討回公道，讓貝克奇為伊利雅償命，這段期間只要閉上眼睛，女人滿身是血的上吊身影就會浮出腦海，寒意從心底向外漫開，填滿整個胸膛。

強烈的菸癮驀地湧上來。他往懷裡一掏，後知後覺地意識到自己的菸斗已經被沒收了。

他煩躁地抓著髮梢，以額頭輕輕撞擊冰冷的石壁。咚咚的沉悶聲響無法緩解菸癮，必須尋找其他替代方式。盧考夫開始養成禱告的習慣，那能轉移對菸癮的注意力，他喃喃念著摩羅斯科的晨禱祝詞，在每一次禱告結束後試圖呼喚伊利雅。

「請入我的夢，告訴我，我為妳做的一切會讓妳高興。」

至少讓他知道他做的一切值得伊利雅的歡欣，哪怕用自己的生命來交換。

盧考夫日日祈求，卻從未夢見過初見時朝他笑得一臉羞怯的少女，即使是一閃而過的殘餘畫面也沒有。

聯邦審議庭的判決日即將到來。

CHAPTER TWENTY-TWO

第22章

艾蕾卡與候審者會面的申請遭到駁回，只能從外部盡力提供幫助。

盧考夫的判決不久後便下達，不出眾人所料，由大多數貴族與少部分高階地位平民組成的審議團，一致認為盧考夫的暴行必須受到相應的懲罰——殺人償命。

艾蕾卡向探險隊公會遞交「特殊任務豁免申請」。探險隊公會受理該案件，出面證實盧考夫處於執行特殊任務期間，為確保行事方便，該狩獵者享有一定程度的罪刑減免。與此同時，探險隊公會亦認可盧考夫攻擊漁人試圖取得藍玫瑰的作為，登錄為狩獵者三級任務的成就。

專案辯護師藉此提起上訴，於聯邦審議庭出示「特殊任務豁免申請」的正式文件，並援引斯堪地聯邦法總典第十一條第二項：「狩獵者於同一特殊任務的功績與罪刑得互相抵免」，要求減刑。

聯邦審議庭再次開庭，討論盧考夫減刑的可能，審議團也提出抗議。在幾番攻防之後，聯邦審議庭決議撤回初審判決，擇期再審，並允許專案辯護師提出更多文件佐證。

為了保住盧考夫的性命，艾蕾卡為此憂愁多日，她吃不下飯睡不著覺，身形日漸消瘦。提姆斯基看不過去，在某一日帶著她出門。

馬車行駛到賽提斯郊外，提姆斯基與艾蕾卡於一棟簡陋的民房前下車。艾蕾卡難掩詫異，「你要帶我去哪裡？」

提姆斯基輕笑，漫不經心地道：「夫人，妳是好女孩，拉欽不會讓妳接觸這些黑暗。」

艾蕾卡皺著鼻子抗議，「嘿，我可不是什麼都不懂的女孩，你不知道我當一級狩獵者期間都接過什麼骯髒任務。如果這是你的小遊戲，就讓我開開眼界。」

「姑且說是貴族的小遊戲吧。」提姆斯基領著艾蕾卡向守衛出示某種徽章，進到民房。

民房裡有一座石梯通往地下，他們穿過一條長長的地道，周圍逐漸變得寬敞，原來地下竟別有洞天。正中央是大型廣場，廣場旁有好幾處石門，石門之上設置一排排的座位，天頂有幾處開孔，涼冷的氣流拂過艾蕾卡的手臂。

裡頭已坐了不少貴族，清一色都是社交季的熟面孔。艾蕾卡跟著丈夫在指定位置入座，在一連串的震驚之後，她對接下來要上演的貴族娛樂已有猜想。

廣場旁其中一道石門升起，一名身材健壯的男人赤裸著上身走到廣場中央，他戴著堅硬的面罩，只露出兩隻眼睛，上半身的肌肉精壯結實，布滿野獸的抓痕。

場中的貴族開始鼓譟。第二道石門升起，一隻凶惡的黑熊踏出來，牠半張開嘴，嘴角滴著口涎，雙目凶狠銳利，顯然是餓極了。

兩道石門關起，銅盤被比賽的主持者用力敲響。黑熊奔向男人揮出利爪，男人勉強閃開黑熊的攻擊，奮力跳起抱住黑熊的頭，努力擊打。

廣場一側鋪有布毯，上頭寫著一比三。這是一座鬥獸場，還是一座地下賭場，專門服務貴族。艾蕾卡環視廣場，周遭充斥著血汗與牲畜的氣味，每一個貴族的臉上都閃著嗜血的興奮，熱烈的氣氛頓時達到最高峰。

「真不敢置信。」她瞪著提姆斯基，「這是你的興趣？」

提姆斯基嗤笑，「我對壯漢打架沒興趣。夫人，妳一再插手克雷斯特的判決，惹得有人不高興。」

「誰？」艾蕾卡銳利地問。

「親愛的，別把這種事看得太私人。他們不在意被殺的是誰，但克雷斯特殺的是貴族，這是對貴族的挑釁。不管你的朋友有什麼苦衷，審議團都能找到理由駁回聯邦審議庭的減刑判決。」提姆斯基摟著艾蕾卡的腰，親吻著她細緻的頸後肌膚，漫不經心地道：「克雷斯特必須用鮮血平息貴族的怒火。」

艾蕾卡側過頸閃躲他誘人心癢的親吻，集中精神思考他迂迴的提示，「你是指——讓盧可來這裡？」

「這是最有可能得到審議團認可的處刑方式，對他們來說，鬥獸場不過是在延緩死刑的前提下，收穫更多的娛樂。」提姆斯基攬著妻子的腰身，在她耳邊道，「這裡的挑戰者大多是從奴隸中挑選，也有一些缺錢的平民，據說以前也曾有窮凶惡極的罪犯來這裡換取生存的機會。」

艾蕾卡眼角微抽，「若是盧可真的進來了，他還有離開的一天嗎？」

這不是緩刑，只是讓盧考夫死得更沒有尊嚴罷了，而審議團確實很可能會同意這項提案。

「鬥獸場有一條規定，若是能連贏五十場，即可獲得自由；若是罪犯，過往的罪刑將一筆勾銷。」提姆斯基聳了聳肩，補充道，「但至今沒人能撐過五十場比賽。」

廣場中央，黑熊一口咬斷男人的脖子。他甚至來不及發出哀號，鮮血已噴濺成泉，不少貴族發出惋惜的嘆息。銅盤再度被敲響，比賽結束。

「艾兒，往好處想，」提姆斯基慈悲地說，「至少妳可以幫妳的狩獵者朋友下注，他的賠率想必很高。」

「哈德蘭？」

哈德蘭揉掉親筆信，只將小黑虎羊留在左拉爾動物保護區，他撕下那張全境通緝令塞進口袋，坐回祖克鳥背上。

「你的臉色不太好。」皮拉歐敏銳地問。

哈德蘭露出安撫的笑容，「別擔心，我先送你回北之海域。」

「嘿，你這個樣子，我看過很多次。」皮拉歐以兩指指尖捏住哈德蘭的臉頰往外扯，「讓我猜猜，剛剛發生什麼壞事，然後你想自己擔起來。」

哈德蘭被皮拉歐的舉動扯出笑意，臉頰意外擦過皮拉歐尖銳的指甲，頰面浮出一條紅痕。皮拉歐迅速放開哈德蘭，「抱歉。」

他一直小心翼翼地碰觸哈德蘭，深怕自己身上任何與人類不同的構造弄傷狩獵者，即使是劃出一條紅痕，在與哈德蘭心意相通的此刻，都能讓他心疼又自責。

「別在意，我根本沒感覺。」哈德蘭握住皮拉歐的手腕，以指腹摩挲皮拉歐指甲的尖端，「如果我連這一部分的你都不能接受，怎麼有資格和你在一起?」

他揉了揉漁人青年的白髮，「你知道我是狩獵者公會積分榜上的前十名吧，雖然是不值得一提的虛名，不過那大概可以概括我能承受的疼痛。」

他瞧見皮拉歐放鬆的表情，忍不住舔了舔下唇，鬼使神差地加上一句，「某些時候，我倒不介意你讓我疼痛。」

「什麼意思——」皮拉歐尚未反應過來，哈德蘭已經扯著韁繩讓祖克鳥再次起飛，皮拉歐下意識抱緊哈德蘭的腰，重新回到雲霧之間。

哈德蘭調轉方向飛往北之海域，皮拉歐坐穩後又問：「哈德蘭，你剛剛在擔心什麼？」

哈德蘭微微回頭，瞧見皮拉歐臉上純粹的擔憂。在幾個呼吸之間，他吞回安慰，決定實話實說：「我被探險隊公會通緝。」

那個特殊字詞讓皮拉歐微愣，「通緝？」

「就是指探險隊公會認為我有罪，打算抓我回總部聽審。」哈德蘭簡單解釋，「我得回總部一趟。」

「但是你犯了什麼罪？」皮拉歐剎那間憶起在埃德曼莊園發生的一切，他沉下臉色，「是因為我。」

「不完全是。」哈德蘭斟酌言詞，「在那之後，我有取得總事務官的理解。」

事實上，他擔心的不是自己的通緝令。他與總事務官有多年的默契，總事務官向來願意給予他足夠的權限，不會不打一聲招呼就直接簽發全境通緝令。他擔心的是獨立運作的探險隊公會已被貴族掌控，淪為特定人士的爪牙。

「不管如何，先送你回北之海域，我再回總部澄清。」哈德蘭的計畫向來穩健可行，但他不是先知，不能料事如神。

他們在橫越圖西亞半島時，雲層變得厚重濃密，處處閃雷還起了大霧。祖克鳥迷失方向，他們在雨中飛行半日，仍無法飛越暴風圈。

皮拉歐用身體替哈德蘭擋住大半的風雨，在暴雨之中吼道：「我們必須降落。」

「一旦下降高度，我們會正好碰上閃雷最密集的區域。」哈德蘭回吼，同時試圖拉扯韁繩控制祖克鳥閃避雷電。

狂風暴雨中，祖克鳥發出一聲長嘯，忽地調轉方向疾速俯衝，毫不理會哈德蘭的指示。

哈德蘭從沒碰過祖克鳥失控，天候異變造成太多未知的災難，他回頭吼道：「皮拉歐抓緊，我們要降落了！」

強大的風壓讓哈德蘭睜不開雙眼，他死命扯著韁繩，無法顧及可能降臨的閃電。響雷近在耳邊，他的雙手已然凍僵，僵硬得幾乎無法握緊韁繩，他們隨時可能會從鳥背上摔下來。

成為狩獵者之後，他曾經預想過自己的死因，但被閃電劈死絕對不是其中一種。身後還有皮拉歐，他還背著被通緝的惡名。他不能掉下去，不能現在就死。

身體裡驀地生出一股力量，他用意志力驅動手指握住韁繩，在刀削似的風壓之中過了接近永恆的時光，祖克鳥逐漸減緩俯衝的速度，停在一棵粗壯的降香紅檀上。

濃密繁茂的枝葉擋住傾盆暴雨，哈德蘭慢吞吞地從鳥背上坐起身，恰恰與一雙尖細的紅眸四目相對。

那是個男人。此刻他正浮在半空中，雙手放在橫笛上，好似在吹奏樂曲卻被不速之客倏然打斷。他收起橫笛，以指掌撫摸祖克鳥的頭，祖克鳥半瞇起眼，親近地依偎那長滿羽毛手臂的掌心。

哈德蘭這才注意到男人的背後長著一雙巨大翅膀，結實有力的翅膀微微扇動，冷冽的氣流挾帶著雨露濺到哈德蘭的手臂。

「你能騎小橘。」男人，或者該說是鳥人，以驚嘆中帶著一點不滿和欣羨的複雜目光看向哈德蘭，「你是那個吧？喜歡用小藍兒送信的那些人類之一。」

哈德蘭在最初的震驚之後回過神來，他打量著鳥人，「我假設你說的是藍喉北蜂鳥。」

「嗯哼，我才不管你們怎麼叫。」鳥人轉向皮拉歐。

「你——」那一剎那，兩人同時感受到彼此之間有著某種微弱的感應。

皮拉歐瞪著鳥人。後者繞著皮拉歐轉了一圈，「啊哈，你也是被選中的人，竟然跟我一樣。你叫什麼名字？我是奧菲．齊格里瓦納里希，你可以叫我奧菲，奧菲奧菲一級棒的奧菲。」

「還有你。」奧菲歪著頭打量哈德蘭，「我也允許你叫我奧菲。」

「奧菲，你好。謝謝你的允許。」哈德蘭忍住笑意，「我是哈德蘭．杜特霍可。你可以叫我哈德蘭。」

「我是皮拉歐．理斯。我可以看一下你的笛子嗎？」皮拉歐迫不及待地問。

「當然不行，這是我的。你也有你的，我都沒叫你讓我看你的。總之不行，除非你先給我看你的，我再決定要不要給你看我的。」奧菲扇動翅膀，「你們應該很高興認識我，哈德蘭，還有你，皮拉歐。」

此刻絕對不是能夠笑出來的時機，哈德蘭高竿地用氣音掩住笑意，「奧菲，你住在這附近？」

「對我來說，哪裡都是附近。」

這種與生俱來的自傲似曾相識，哈德蘭瞥向兩人。

皮拉歐還瞪著奧菲，流光在藍瞳裡蕩漾，宛如琉璃璀璨。而奧菲的紅瞳似是熔金烈焰最炙熱火紅的長芯，帶著紅寶石般的耀眼華光。

他忽然發現，若不論長相，皮拉歐與奧菲給他的感覺竟出乎意料地相像。

盧考夫面臨過比這更糟的情況。

眼前是一頭飢餓許久的鮑獅，鮑獅帶著口枷，口涎從凶獸的齒縫間滲出，滴落在乾硬的土地上，橙黃色的雙瞳貪婪地凝視他，像在盤算如何飽餐一頓。

他深深吐出一口氣。他確實面臨過比這更糟的情況，在一望無際的草上被一整群鮑獅圍攻。但當時身旁有著可靠的隊友，如今他的隊友之一正坐在看臺上，其他隊友四散各地，而他手上只有一把短獵刀，那意味著必須近身肉搏。

狩獵者向來只能靠自己。他朝看臺望去，依稀能辨認出艾蕾卡的輪廓，但無法瞧見她的表情。看不見也好，盧考夫知道艾蕾卡為了他的案件到處奔走，不想再欠他的朋友更多。這本來就是他自己一個人的事，無論是罰是債，都是自己應得的。

五十場競賽是盧考夫唯一的生機，他不會放棄。他抬頭看向頭頂的氣孔，燦爛的陽光刺得他雙眼一瞇，他移開視線，握緊獵刀放低重心，直視鮑獅的雙眼。

與野生動物對峙，切莫露出任何膽怯的姿態，牠們會毫不留情地攻擊。但若毫無畏懼地與牠們的視線相對，牠們反而會認為獵物有足以倚仗的後手，進而審慎地進攻。在食物鍊頂端的掠食者更是如此。

鮑獅的口枷被扯掉了，戰況卻與貴族們常見的情況不同，鮑獅並未立刻撲過來撕咬獵物，反而與盧考夫保持一定距離，緩慢地繞圈。

場外的貴族發出不滿的噓聲，盧考夫知道那些人想看什麼，他們想看命懸一線的生死關頭，想看絕境逢生的拚死一搏。這對他是生死之爭，對他們卻只是場表演，身為表演者，他得滿足觀眾的期望。

他在幾個呼吸之間擬定進攻的對策，開始在場內奔跑。他一行動，鮑獅立刻追在後方，場內的氣氛被主持者幾句妙語如珠炒熱，貴族們鼓譟著要他再跑快一點。

他的腳程跑不過鮑獅，所有人都知道。但無所謂，貴族不在乎，他們想看到的只是他拚死掙扎的狼狽模樣。

盧考夫繞著場地跑了幾圈，每當鮑獅靠近他的那一刻，就會產生不自然的停頓讓他逃過一劫。貴族們頻頻吆喝，有些貴族為他多撐幾圈喝采，但更多的貴族卻發出不耐的抱怨聲。

他能由此看出誰把賭注押在他身上，想必是一大筆金幣，那其中也包含艾蕾卡替他下注的金額。

他不能輸，也不能贏得太輕易，讓下一場競賽變得加倍艱難。拿捏那些貴族的心態與拿捏野獸的心態是同樣的道理，既要讓他們焦躁地期待，又不至於惱怒地離席，讓他們願意耐著性子再等一等結果。

由天頂通氣孔灑落的陽光開始偏移，他算準時間放慢腳步，鮑獅怒吼著撲上來。他一轉身，利用扭腰的力道將手中的短獵刀精準插進鮑獅眼睛，隨即俐落地向後跳開，避開鮑獅尖銳的利爪。

狩獵者培訓課程第一課，進斯堪地大草原之前必須知道的十件事之一：全身覆蓋著硬毛的鮑獅唯一的弱點正是牠的眼睛。

眼前的鮑獅發出重重的吼嘯，前肢掙扎著想拔去左眼的獵刀。盧考夫下刀很重，一刀刺進鮑獅的顱骨，鮮血染滿凶獸的臉。插進眼裡的獵刀阻礙牠的聚焦，無法看清盧考夫的位置，也重傷牠的大腦。

牠怒吼著試圖追擊盧考夫，但在追著盧考夫跑了兩圈後，終於搖搖晃晃地倒下。

沉默只是一瞬間，下一刻，貴族發出熱烈的喝采。他們心滿意足，一場精采的競賽表演值得他們失去賭注。

盧考夫坐在地上喘氣，主持者指揮穿著盔甲的兩位騎士抬走鮑獅的屍體。

「等等。」盧考夫叫道。

騎士們的動作一頓。盧考夫立刻上前，他單腳踩在鮑獅上腹，使勁將那柄獵刀從鮑獅眼中抽出來。

「把我的東西拿回來而已。」

主持者揮了揮手，騎士們沉默地放他離開。

盧考夫看見衝到臺前的艾蕾卡隔著場邊圍牆向他招手，她手裡的絲帕捏出重重的摺痕，臉上殘留著心有餘悸的表情，他靠過去低聲說：「讓我在晴天比賽。」

艾蕾卡輕輕點頭。同是狩獵者，她看得出盧考夫的把戲，「盧可，你要活著。」

他微微扯唇，沒有答話便轉身離開，走回來時的牢籠。還有四十九場比賽。

自從第一場比賽之後，盧考夫愈來愈熟悉鬥獸場的規矩，隨著他勝利的場次愈來愈多，面對的凶獸數量也從一隻增加到三隻，被允許攜帶的武器自然也更加精良。他的比賽成為鬥獸場最熱門的場次，經常座無虛席，賠率也從高得離譜的比例降為五五波。

第三十場競賽結束後的那晚，他回到被囚禁的小房間，房裡已經坐了一位不速之客。他下意識側過身遮掩住傷臂，將弓箭與長刀放在一角，低沉地問候：「晚安，雪禮詩伯爵。」

「你的比賽很精采。」雪禮詩伯爵矜貴地用手杖點了點地，毫不浪費時間說明來意，「你向我們展示了優異的身手，我們一致同意提供你另一個選擇。」

盧考夫喝了一大口水潤澤乾渴的喉嚨，放下水瓶，「什麼選擇？」

「剩下的二十場競賽與你的罪刑一筆勾銷。」雪禮詩伯爵冰冷的灰眸直視著盧考夫，觀察他的反應。

他面無表情的臉色並未改變，「條件？」

「獵捕哈德蘭．杜特霍可。」

片刻後，雪禮詩伯爵回到馬車上，車輪在深夜裡行駛所發出的沙沙聲響格外陰森，馬車停在一處小型別莊前。

雪禮詩伯爵被管家領進門，來到會客室。別莊的主人坐在沙發上翻閱古籍，雪禮詩伯爵坐到他的對面。

「怎麼樣？」低沉混濁的聲音與別莊主人的臉色同樣冰冷。

「貝索里尼說得不錯，他確實是個好人選，只是他需要考慮幾天。」雪禮詩伯爵補充道，「他下一場即將面對五頭鮑獅加兩頭黑熊。他今天對上五頭鮑獅時差點廢了左手。他如果頭腦清醒，絕對會答應我們的條件。」

「摩羅斯科大人需要藍玫瑰，祂不能等太久，你若希望你的女兒永遠健康，動作就得快一點，狩獵者如果有什麼附加條件都答應他。只有哈德蘭能找到藍玫瑰，我們需要盡快找到哈德蘭。」

雪禮詩伯爵憶起貝克奇男爵對這項決定的強烈不滿，「貝克奇男爵那邊——」

「別管他。」

此刻，女僕端著薄荷水進房，「爵爺，您該就寢了。」

柯法納索瓦公爵喝了半杯薄荷水，在女僕的攙扶下站起身，「根據貝索里尼提供的人證，貝克奇的兒子的確該死，貝克奇絕對不會想讓那些女孩的家屬一起申請上訴聯邦審議庭。」

「這個威脅有用嗎？平民無法直接上訴聯邦審議庭。」雪禮詩伯爵懷疑地問。

「屆時，慈悲的摩金大人會心懷悲憫地幫助那些可憐的平民家庭。」柯法納索瓦公爵在踏出門之前回頭，半張臉容隱在暗處。雪禮詩伯爵識趣地離開。

柯法納索瓦公爵走進寢室，他坐在床沿，抓握著胸膛深深吸了口氣。他望向床櫃上的玻璃罩，玻璃罩裡是一片枯萎的玫瑰花瓣，花瓣內緣泛著瀅藍色澤。

他原以為設計教女敏麗向漁人揭露斯堪地聯邦的目的，能迫使哈德蘭做出正確的決定。他幾乎要成功了，卻沒料到哈德蘭竟膽敢用掉斯堪地聯邦的財產，讓漁人幸運生還。

所有一切都超出他的預料，就連暗中購買黃金的計畫也被可恨的米夏蘭斯基公爵阻饒，讓他不得不在貴族例會上利用修復黃金盞的名義正式提案。

年邁的摩金動作緩慢地上床歇息，僅僅是如此簡單的動作就讓他喘得不能自已。性命消逝的恐慌消磨了他的耐性，他已經沒時間再測試經由黃金盞轉化的葡萄酒產生的效力，藍玫瑰是他唯一的機會。

他一定要拿到藍玫瑰，就算藍玫瑰無法治癒衰弱的心臟，將藍玫瑰獻給摩羅斯科示好以換取生機也是一條可行之路。

微弱的燭火在被吹熄之前，正好映照著玻璃罩旁的一只黃金扳指戒，戒環上雕刻著由鈴蘭花包圍的鮑獅。

艾蕾卡感覺周遭時間的流動快得超過想像。她以為要等到盧考夫的第五十場勝利後，才能在鬥獸場外見到他。但現在盧考夫終於能脫離那個可怕的鬥獸場，回到原本的生活。

「盧可，恭喜你解脫了。」她激動地抱住他，「不過過去發生什麼事，一切都會變好的。」

她重重抱了他一會才放開，與她相比，盧考夫的神色格外冷淡。

她壓下異樣感，主動領著盧考夫往自己的馬車走去，「跟我來。對了，為什麼你能出來？」

「斯堪地聯邦提供給我一個減刑的機會。」

「是什麼？」她踏上馬車，坐進車廂，「進來吧。」

盧考夫站在車外，沒有上車的打算。

「盧可？」艾蕾卡不安地叫喚，她有預感絕對不會喜歡他即將說的話。

「獵捕通緝犯哈德蘭．杜特霍可。」盧考夫平靜地說，同時替艾蕾卡關上車門。

——《斯堪地聯邦冒險手記Ⅱ—祝祭之夜—》完

斯堪地聯邦冒險手記

SIDESTORY ONE

番外1

翠綠晚霞

The Tales of Skandia Federal

埃德曼莊園比皮拉歐想像得更加氣派，每一座懸掛火燭的基座都刻著精緻的鷹頭，鷹眼銳利，鷹喙下勾。樓梯兩旁的扶手底端也雕刻著兩隻鷹，牠們半張翅膀虎視眈眈地盯著進門的訪客，彷彿一有不對勁，就會振翅起飛攻擊不速之客。

「杜特霍可家族的家徽是黑尾鵟。我們第一代祖先也叫哈德蘭，他曾經飼養一隻黑尾鵟。當他攻打高加索山的湖特一族時被圍困，黑尾鵟替他引來山裡的圖布斯熊，讓餓壞的圖布斯熊踏亂湖特一族的營地，毀壞他們的糧食，我的祖先哈德蘭才能打贏這場仗，進而得到爵位。後來，他把黑尾鵟作為我們的家徽。」

哈德蘭主動解釋：「黑尾鵟能適應各種氣候，有些狩獵者也會訓練牠作為伙伴。」

他們剛離開浴池，太陽尚未下山，距離晚宴還有一點時間。

陽光透過玻璃窗灑落在皮拉歐身上，將他裸露的翠綠魚鱗照射得閃閃發亮，宛如整個人包裹著一層溫和的淺綠光暈。他像剛踏出深山，步伐穩健，每一步都挾帶著自然山林特有的寂靜安定與超然獨立。

他曾經距離這棟建築很遠，也距離人類很遠。但在命運的牽引下，他一步步走到哈德蘭跟前。

哈德蘭腳步一頓，忽地掉頭，「我帶你去一個地方。」

他們來到一間偏廳，房間中央有張長形的紅色絲絨沙發椅，地上鋪著式樣繁複的柔軟地毯，沙發後方有幾株等身高的綠葉植物，大片玻璃窗漾著淺綠光澤，斜射而進的陽光在地毯上映出澄透的青綠。

哈德蘭坐上長沙發椅，招呼皮拉歐坐在自己身側，「這裡以前是我祖父的書房，後來他嫌光線不夠明亮，才搬到提姆斯基現在使用的那間。這間書房後來改為招待客人用的偏廳，不過卻沒怎麼被使用。前任與現任埃德曼公爵都傾向在大廳、起居室或書房與貴客會面。」

皮拉歐扭頭去看，玻璃窗與綠葉植物讓他本能地感到親近，「這裡很漂亮，為什麼要來這裡？」

因為這裡讓我想到你——雖然是莊園的一部分，卻又獨立於莊園之外，成為看似張揚卻不為人所知的低調存在，哈德蘭心想著微微一笑。

「我們可以在這裡休息到晚宴之前。」哈德蘭讓自己陷進柔軟的坐墊裡，單手鬆開領口的內釦，洗浴後的香氣微微飄散。

皮拉歐抽抽鼻子，他們分明在同一處浴池，但哈德蘭身上處處散發出引誘他靠近的氣息，他湊近哈德蘭的脖頸嗅聞，「你這裡好香。」

他的氣息噴在哈德蘭的頸項，哈德蘭一僵，反手將皮拉歐的頭顱往下壓，恰巧壓到他的腿窩附近。皮拉歐側過頭，反而成了仰躺在他大腿的姿勢，藍眸微微瞠大，眸底一片驚異。

那雙璀璨的藍眸實在太過干擾人心。哈德蘭驀地伸手蓋住皮拉歐的雙眼，低沉的嗓音帶著一點欲蓋彌彰的意味，「讓你在這裡休息，不是讓你發情。」

在視覺遮蔽的情況下，皮拉歐忽然憶起哈德蘭曾經的允諾，「哈德蘭，之前碰到那些刺客的時候，你答應過在解決他們後要親親我的背。」

那句央求透出的柔軟和親暱，讓向來冷硬的狩獵者不知所措。他當然記得那件事，殺伐聲中的驚險讓他情急之下給出平常不會答應的承諾。而且方才被皮拉歐強壓在浴池邊緣親吻的時候，確實摸到了皮拉歐背部的鱗片缺口。

不過他已經在浴池裡讓皮拉歐為所欲為，皮拉歐精神亢奮地在他的乳首留下傷痕，現在答應皮拉歐顯然不是明智的主意。

「如果你沒看仔細，我可以指給你看。」哈德蘭的遲疑讓皮拉歐準備脫下那件式樣繁複的上衣，哈德蘭立刻按住他的手腕。

「千萬不要，這件衣服沒那麼簡單就能穿脫。」哈德蘭揉著眉心，「這件事等用完晚餐後再談。」

「所以你現在不能親我的背嗎？」皮拉歐高昂的情緒以肉眼可見的速度消失。

「對，我現在不能親你的背。」哈德蘭宛若鸚鵡般重複他的話。

「喔。」皮拉歐周邊凝聚沮喪無奈的氛圍，璀璨的藍眸蒙上一片濃濃的霧靄，彷彿暴雨之前的灰暗天色。

哈德蘭忽然有些心虛，他用一種自己沒察覺的討好語調道：「如果是別的地方，我們可以討論。」

皮拉歐仰頭凝望他，隨即抬手撫上他的臉頰，「沒被衣服遮到的地方就可以嗎？」

漁人熱切的目光透露出太多渴望，哈德蘭說不清自己的情緒，卻知道他不想二度讓皮拉歐失望，那雙藍眸不該存在任何霧靄，該永遠明亮。

他順應心意慢慢俯下身，貼上漁人偏涼的唇瓣，這是為了安撫漁人所做的讓步，他想。

畢竟不知道從什麼時候開始，他發現拒絕皮拉歐變得如此困難。

皮拉歐的吻向來橫衝直撞，侵略的野性在此刻一覽無遺。他再度感覺到舌頭被吸吮得發痛，那種又痛又麻的快意在身體裡亂竄，他吐氣很淺，但噴薄在彼此之間的氣息太過熱燙，灼燒著他的理智。

皮拉歐隔著層層外衣，以野獸般的本能揪住他的右乳首揉捏，哈德蘭猝不及防地溢出一聲呻吟。不久前才嘗過歡愉的身體彷彿被握住軟肋般迅速丟棄防衛，下意識迎向了侵略者，渴求更進一步的快意。

「哈德蘭，你把衣服脫掉。」皮拉歐的聲音變得低啞，「讓我摸摸它。」

如果在這個親吻之前，他或許還能保持理智拒絕，但漁人低啞的嗓音重新在腦子裡點了一把火，將他的顧慮燒得一乾二淨。情欲隨即如薰香般瀰漫整間偏廳，誘使他耽溺，心甘情願敞開身體。

哈德蘭怕弄皺衣物，動作緩慢地褪下上衣。漁人火熱的目光讓他的乳首堅硬脹痛，渴望著被揉捏，被摩擦，被用力地吸吮。

欲望在身體裡燒成熊熊烈焰，皮拉歐將他按倒在長沙發椅上，放肆地揉捏他的雙乳。尖銳的指尖一滑過他帶傷的左乳，哈德蘭頓時起了戰慄，那似乎讓皮拉歐更加興奮，立刻俯下頭再度吸吮他的乳頭。

距離晚宴不到半小時，此刻他本該作為埃德曼公爵的堂兄，衣著整齊地等在宴會廳，一同招呼賓客用餐，而非與皮拉歐躲在偏廳，裸露著上身任由皮拉歐褻玩他的乳首。哈德蘭甚至扭動著軀體，試圖讓漁人更加用力，在自己的身體上留下痕跡。傷口讓乳首變得敏感，禁忌的邊緣更讓他興奮，下身堅硬地抵著綢褲，溼潤的體液汩汩而淌。

「哈德蘭……」皮拉歐在他的耳畔呢喃道。他以不成調的喘息回應。

忽然間，強大的撞擊聲響徹偏廳。哈德蘭反射性將皮拉歐用力推開，皮拉歐沒有防備地滾下沙發椅。

哈德蘭坐起身深深喘氣。後排書櫃掉落一本書，書頁攤開在地面上，上頭印著「**欲望如同惡習，需戒之。**」的粗體字。

是杜特霍可家的祖訓，來自於與他同名的祖先。

身體裡的欲望被瞬間澆熄，哈德蘭穿回衣服，重新扣上領口內釦，將自己打理得衣冠楚楚。皮拉歐盤腿坐在地毯上，目光全是不滿與哀怨。

「別鬧。」他說，被吸吮得腫大的乳首抵著襯衣摩擦，帶來些微的疼痛。雖不至於無法忍受，卻很惱人。

「要用餐，我知道。」皮拉歐懨懨地咕噥，「真麻煩。」

「你不想去的話，自己留在房間用餐也可以。」

「我才不要，我要跟你去。」皮拉歐俐落站起身，「見識一下你的生活。」

哈德蘭失笑，他一直都知道皮拉歐看似固執，其實卻很好哄，大多時候只是因為皮拉歐會順著他的意，所以選擇了妥協。腫大的乳頭被衣物反覆摩擦帶來的煩躁感忽然消散。

「跟我來。」他說，「讓你大開眼界。」

——番外1〈翠綠晚霞〉完

斯堪地聯邦冒險手記

SIDESTORY TWO

番外2

星幻皆真實

The Tales of Skandia Federal

騎乘祖克鳥從埃德曼莊園出發到斯堪地大草原，需要幾天的旅程。

一離開埃德曼莊園，哈德蘭拉緊韁繩，讓祖克鳥一路爬升，冷冽的氣流讓兩人的衣袍翻飛成浪。

哈德蘭感覺到衣物驀地被扯緊，身後的漁人變得僵硬，他們愈來愈靠近雲層，氣溫變得更低，漁人的不適應顯然不是因為溫度。

「怎麼了？」哈德蘭關心地問。

「沒事。」皮拉歐僵著聲調。

哈德蘭分神往後瞧，皮拉歐緊抿著唇臉色泛白，背脊挺得宛若柳橙樹般筆直，單手握緊他的衣袍，另一手牢牢抓住鞍座，精神陷入極度緊繃的狀態。

哈德蘭垂眸，他讓祖克鳥放慢速度不再往上升高，身後的漁人悄然垂下肩膀，試圖放鬆僵直的手臂。祖克鳥扇動翅膀，寬大的羽翼藉著氣流向前滑翔。

哈德蘭嚥下即將滑出口的「你要習慣」，微微側頭，「我是怎麼從東海回來的？」

皮拉歐不安地動了動身軀，懸空的雙腳讓他的心更加浮躁，他隨口回答：「我去找你。」

「那我該謝謝你把我從東海帶回來。」哈德蘭得到預期中的答案，神情更加溫柔。

「不客氣。」皮拉歐呼出一口氣。

「我不知道北之海域的情況，不過既然你踏上斯堪地聯邦，也該多了解我們的文化。」哈德蘭閒散地道，「你知道斯堪地聯邦的童話故事都是怎麼說的嗎？」

「什麼童話？」皮拉歐逐漸將注意力從離地甚遠的不安感轉開。

前方忽然出現一群候鳥，呈人字形朝他們飛來。哈德蘭操控著祖克鳥，讓牠微微向右側身，皮拉歐重心一歪，下意識抱緊哈德蘭的腰。

哈德蘭轉頭時，嘴唇正好對著漁人的右耳，「通常人類會給拯救他的人一個吻。」

皮拉歐被逗笑，「在這方面，你倒是沒有欠我。」

「而且。」哈德蘭讓祖克鳥慢慢恢復水平飛行，「他的父母都會同意讓英雄把自己的伴侶帶回家。」

強風呼嘯而過，哈德蘭的聲音被強勁的氣流打碎，散落在空中的每個字融進光塵，緩緩飄進皮拉歐的耳朵裡。

半晌，皮拉歐摟緊哈德蘭的腰，在冷涼的風中將嗓音壓得更加低啞，「我認為，我們應該遵照斯堪地聯邦的傳統文化，讓英雄帶著他的伴侶回家。」

「我通常不做太過遙遠的承諾。」哈德蘭讓祖克鳥降下高度，貼著水面飛行，強風在湖面掀起漣漪，碧綠色的湖泊映著兩人一鳥的倒影，「但我想，如果英雄完成他的任務，就會得到應有的獎賞。」

他們正橫跨過斯堪地聯邦的七大湖之首——洛哈札特湖。水浪滔滔，波光粼粼，哈德蘭的笑聲在烈日中顯得格外響亮。

夜深時，他們停在圖帕山的一處山洞休憩。此地距離斯堪地大草原還有將近一半的旅程。

顧及到皮拉歐的傷勢剛剛痊癒，哈德蘭並未生火以免引起皮拉歐不必要的恐慌，他喝了點雪透酒，讓熱流順著血液流淌到四肢末端。

他接著拿出乾糧啃食，也分給皮拉歐一些馬歇爾醃製的海潮魚，皮拉歐苦著臉把海潮魚與水一起吞下去。酒足飯飽後，兩人靠坐在洞口邊，高山之上，連空氣都顯得寧靜悠遠，帶著與世隔絕的隔岸觀火姿態。

皮拉歐側首看向身側的哈德蘭，哈德蘭在同一時間回望他。他們甚至無法說出那是怎麼產生的默契，僅僅是由對方與自己相似的神態，就能心領神會。

哈德蘭主動說：「我們談談。」

離開埃德曼莊園後，他們騎了將近一日的祖克鳥，但風聲太大不適合談心，他們之間只有間歇性的幾句閒談，以及哈德蘭為了安撫皮拉歐的不安而提及斯堪地聯邦逸聞。

他們需要一個絕對安靜隱蔽的空間，一段沒有人打擾的時間，談一談在皮拉歐遭遇暗殺那夜之後，在哈德蘭東海遭難之後，那段只有單獨一人在清醒時分為對方所做的付出與努力。

也許付出的一方不在意，但受益的那個人卻不可能毫無感覺，無論是皮拉歐還是哈德蘭，他們必須知道對方做了什麼，自己得怎麼做才能毫不辜負。他們的性格截然不同，但本質上卻極為相似，宛如磁鐵的兩極，註定會靠近，會彼此吸引永不分離。

「我知道你用了你的血救我。」皮拉歐說，「為什麼你的血裡有藍玫瑰？」

哈德蘭訝然，沉沉地吐出一口氣，「啊，你當然能感覺到。這說來話長。」

「我們有一整夜的時間。」皮拉歐不容他閃躲，「你必須告訴我，從頭到尾。」

「這要從長春花說起。」哈德蘭嘆了口氣，「你還記得在我房裡窗臺上的那盆盆栽吧？那就是我的父親橫跨伊爾達特才帶回來的。」

哈德蘭的聲音變得疏離，和在埃德曼莊園那晚的形象逐漸重合。

「十年前，我的母親重病不起，所有醫官都束手無策。有醫官建議我們摘取長春花煮湯餵母親喝下，那在當時是唯一可行的辦法。但長春花只長在大峽谷邊緣，從賽提斯到大峽谷必須穿過伊爾達特沙漠。我的父親亨利克．杜特霍可在當年已經是一位相當有名的狩獵者。那一年，他組織探險隊帶著我進入伊爾達特，我們費盡千辛萬苦抵達大峽谷摘下長春花，卻在回程途中碰上黑螯蠍，大部分的狩獵者都死了，只剩下我和我父親。」

在哈德蘭的回憶裡，那曾經是痛不可言的過去，但當開始組織語言，那些血腥的畫面都被抽去顏色，只剩灰淡的線條，粗略記錄著逐漸褪色的記憶。

「我記得我被黑螯蠍的大螯穿過腹部昏了過去，但等我醒來時，我的傷不見了。我昏迷之前看到的黑螯蠍都消失了，而父親死在我的腿上。我當時以為自己瘋了，我的記憶出錯，我的懷裡全是血。」

這段慘痛的經歷他以為永遠也不會宣之以口，實際上，他的聲調比所想的還要冷靜而陌生。

他背著父親的遺體走了一大段路，體力不支地倒在紅礫土區。他絕望地認為自己也會命喪伊爾達特，但等醒來時，他發現一隻紅斑豹正咬著褲管拖行他。

哈德蘭一眼看見紅斑豹微跛的右後肢，在伊爾達特，受傷的動物向來活不長久。哈德蘭推測紅斑豹應該是把他當成儲備糧食，打算拖回自己的巢穴。

他繼續偽裝暈厥，藉機恢復體力，只要等紅斑豹移開注意力，就能趁隙攻擊牠。

他的計畫很完美，但一隻落單的紅鷺獅打壞哈德蘭的計畫。紅鷺獅與紅斑豹隨即為爭奪獵物互相攻擊，紅鷺獅比紅斑豹更加凶猛，但紅斑豹不肯示弱。哈德蘭大概是牠這幾日所能找到最好的糧食，牠不會輕易放棄。

「我已經跑了一段路，但我知道自己絕對跑不過紅鷺獅，如果牠殺了紅斑豹，下一個死的就是我。」哈德蘭平靜地敘述，「那一刻，我做了一個大膽的決定——我回頭了。」

幸而他回頭，紅鷺獅已經將紅斑豹壓制在身下，正準備張口咬斷牠的脖子。那是哈德蘭最好的機會，他想也沒想，抬手就將卡托納獵刀用力射出。獵刀精準地插進紅鷺獅的脖頸，牠痛苦地嚎叫，紅斑豹趁機掙脫牠的壓制，反將牠壓在身下。

紅斑豹幾乎要咬斷紅鷺獅脖頸的那一刻，牠回頭看向哈德蘭。那一瞬間，他與紅斑豹似乎產生一種無以名狀的連結，他讀懂牠的意思。

他舉起雙手，示意自己沒有凶器能夠偷襲，他們互相對視數秒，哈德蘭輕輕點頭。紅斑豹不再猶豫，俯身咬斷紅鷺獅的頸子。哈德蘭直喘氣，看著紅斑豹從紅鷺獅身上咬下一大塊肉咀嚼，一隻隻紅蜥蜴在天空中盤旋，等著可趁之機。

紅蜥蜴出現在此，表示這裡離伊爾達特的邊界很近。他摸了摸懷中的長春花，一望無際的沙漠荒蕪而蒼涼，他在這裡失去了父親，連遺體都帶不回去。他們太過狂妄，太過小看沙漠的力量，以為憑仗體力與野外經驗，就真有機會戰勝自然而毫髮無傷。

他的狀態不允許回頭去尋找父親的遺體，他的母親已經失去了丈夫，不能再失去兒子了。他轉過身時，某種重物砸到他的背脊，紅鷺獅的一截大腿落到他腳邊。他轉身看見紅斑豹正在拖移紅鷺獅，牠嗚叫一聲，像是友善地招呼他前去分食紅鷺獅。

他也許真的瘋了。看到傳說中的黑蟄蠍卻活了下來，碰上凶猛的紅鷺獅也活了下來，還和一隻紅斑豹當起朋友分贓。不管是哪個，聽起來都像他中暑之後產生的幻覺。

他驀地笑出聲，「後來，我依照紅斑豹回巢穴的路線往反方向移動，在靠近邊界的地方被探險隊公會的人帶回總部治療。」

「那隻紅斑豹就是我們在黃沙土區碰到的那隻吧。」皮拉歐對紅斑豹的印象很深刻。

「對。後來我進去伊爾達特時又碰見牠，就分牠一點食物，還給牠取了名字叫藍迪。」哈德蘭輕鬆地說，「你當然早就見過我的紅斑豹朋友。」

這些經歷已經足夠皮拉歐證實他的推測，「你的父親當年應該殺過一隻黑蟄蠍后，無意間在牠的心臟找到一朵藍玫瑰，當時你們兩個都重傷，他選擇救你——也許是讓你直接吞下藍玫瑰，藍玫瑰與你的身體融成一體，所以你的血有藍玫瑰的味道。」

哈德蘭微微點頭，「這些年我曾經有過一些猜測，但無法證實。五年前，我、艾蕾卡和盧可在伊爾達特時，並沒有看到黑蟄蠍后，只看到一般的黑蟄蠍，我更覺得當年的記憶是幻覺，對於自癒能力也沒有特別注意。直到我再度被黑蟄蠍攻擊受了重傷，伊修達爾事後告訴我當時的情況有多凶險，沒有人覺得我能活下來，可是幾天以後，我的身體開始慢慢修復挺過來了。」

哈德蘭下意識看向自己的左腕，那裡只剩一道很淺的疤痕。

「再來的事你都知道了。我們這趟旅行再度見到黑蟄蠍后，從牠的心臟取出一朵藍玫瑰，那從旁證實我當年的記憶不是幻覺，我猜測當年父親真的用藍玫瑰治癒了我的傷口，但不敢肯定。」他喘了一口氣，聲音變得低迴，「而且，你那晚傷得很重。」

哈德蘭的眉心不自覺地折起，帶著強烈的自責，「那都是我的錯。醫官說你沒救了，我很絕望，我想救你，藍玫瑰是當時唯一的辦法。可是你就算昏迷了都不讓我拿走藍玫瑰，我沒有別的方法，我不可能看著你死，只能賭我的血對你有用。」

皮拉歐沉默地望著狩獵者，在哈德蘭的眼底瞧見星光，那是心志堅定毫不動搖的人才會有的光芒。哈德蘭說得輕描淡寫，事實上卻是在沒把握的情況下捨了半身的血救他。

哈德蘭可能會死，他也可能會死，最糟的情況是兩人一起死。就算是這樣，哈德蘭仍然義無反顧。這個人看似冷漠，對待重視的人卻是一片赤誠，必要時甚至會傾盡所有。

皮拉歐長年生活在海底，每當浮出海面，總會對夜空的星辰充滿無盡想像。他曾經以為星星遠在天邊，無法觸碰，無法擁有，只能在夢裡嚮往。但哈德蘭就在他眼前，那人的眼睛裡有星河流淌，他的星星就在觸手可及的地方。

如果這是他被允許擁有的人，如果這是他被允許擁有的星星，他絕對不會再放手。

兩人沉默一陣，哈德蘭解開領口散去熱意，「換你說說東海是怎麼回事。」

「你不見了，我推測你在東海，所以叫諾魯帶我去東海找你。」皮拉歐不擅長敘述過程，用一句話總結過去。

「我漂得很遠，你找我找了多久？」

「事實上沒有太久。」哈德蘭端詳著皮拉歐，皮拉歐別開視線，忽然感到莫名的心虛。一旦詳加描述，他就得面對破壞司琴者戒律的事實，「找到你的時候，你已經很虛弱了，所以我們立刻送你回埃德曼莊園。」

「雖然不知道你具體做了什麼，但你沒有說實話。」哈德蘭肯定地說，「不能告訴我也沒關係。」

他的語氣平淡，但隱隱有些失望。皮拉歐含糊地應聲，「嗯。」

哈德蘭又等了一陣子，明白皮拉歐不打算坦白，他輕嘆口氣，在山洞裡找了個舒適的位置閉目養神，「早點休息吧。」

皮拉歐望著他，掙扎了好半晌，以近乎氣音的方式道：「我用同步共鳴在東海捲起漩渦，差點翻了整個東海。」

哈德蘭呼吸平穩毫無反應，但皮拉歐知道他在聽，下一句話不知怎麼地就滾出舌尖。

「我回去以後，可能會被剝奪司琴者的資格，也許會被理斯家族驅逐。」皮拉歐故作輕鬆，「不過沒關係，世界這麼大，我可以去住東海。」

哈德蘭仍然沒有反應，皮拉歐有些失望也有些釋然。無論如何，他做這一切都是自願，不是想得到哈德蘭的感激或回報，即使再一次回到過去，他也會為哈德蘭這麼做。

他移動到哈德蘭身側闔眼休息。良久，洞穴裡傳出一點輕微的聲音，像是微風穿過岩石縫隙的響動。

「我有一塊地，雖然不像埃德曼莊園那麼大，但建一座巨大的浴池還是做得到的。」哈德蘭低聲說，「如果英雄無家可歸，我不介意與他分享一座浴池。」

皮拉歐猛然睜眼望向他。

「事實上，不只浴池。」哈德蘭閉合眼簾，依靠在山壁上，以一種半吟唱的聲音輕聲道。

「你永遠不必擔心居無定所，我發誓無論你到哪裡，都會住在我所能找到最好的棲息處。我會向你展示我的體能，證明不會讓你挨餓受凍，無論何時何地，我所有的一切都與你共享，我有的你都會有，我沒有的也會盡力讓你擁有。」

這是皮拉歐在第一次跳正統求偶舞之前所立的誓言。他只說過一次，如今哈德蘭分毫不差地背出來。

從過去到現在，皮拉歐跳的每一次求偶舞，說的每一句誓言，哈德蘭從未正面回應。皮拉歐以為哈德蘭是在他鍥而不捨的努力下逐漸打開心房，卻沒想到在跳第一場舞之前，哈德蘭就將他放在心上。

他從來不是單方面的追逐。皮拉歐驀地笑出聲來。

哈德蘭翻過身，輕嘖道：「別吵。快睡，明天還要坐祖克鳥去找你的黑虎羊。」

——番外2〈星幻皆真實〉完

斯堪地聯邦冒險手記

AFTERWORD

後記

The Tales of Skandia Federal

很高興又能跟大家在這裡見面！

第二集開始，皮拉歐與哈德蘭終於在感情上有比較大的進展，甚至有幾次擦槍走火，雖然沒有寫得太深入，不過第三集一定會有更加香辣的情節！

這一集能夠順利完成，除了感謝編輯對於背景大綱提供不少建議之外，還要大力感謝親愛的雪森，謝謝雪森大大天天陪我趕稿，在許多劇情上也提供很多不同的觀點和思路，本集除了原有大綱之外，有很多細節都是和雪森的討論中激發出更多靈感，讓劇情的走向更豐富！

這中間我們還提到需要趕稿咖啡廳一起寫稿，但想一想有人在旁邊一直問你今天寫了多少字，壓力好像有點大……

來說說這一集的故事吧。

這一集裡，有兩個角色有比較大的翻轉，一個是哈德蘭的好友盧考夫，一個是慈祥的摩金柯法納索瓦公爵。這兩個角色抱持不同的目的與立場，卻偏偏在這集的最後達成同一陣線，這或許也是人本身的多面性與複雜吧。

盧考夫不是純粹的好人，柯法納索瓦公爵也不是純粹的壞人，但在某些情況下，選擇對自己更有利的一邊也是人性，除了主角之外，其他角色的多樣性與主角產生各式各樣的劇情碰撞，是我覺得非常有趣的地方。就像是玩遊戲選擇不同選項，角色就會有不同的對應。

這一集在盧考夫火燒皮拉歐的情節重複寫了數個版本，每一次的劇情微調，各角色就會有不同的反應，產生不同的後續劇情，雖然這一段在寫的時候像要把靈魂最後一絲寫作之力全榨出來般痛苦，但最後各位看到的這個版本是從眾多版本中脫穎而出的贏家，至少我自己滿喜歡的 :)

另外，這一集也出現了一個很有趣的角色奧菲，他在下一集將會有許多戲份，這是一個非常非常多話的角色，希望他每一次出現時，大家會感到會心一笑。

這一集超級感謝 Rylee 老師畫出埃德曼莊園的華麗，以及哈德蘭與皮拉歐兩人之間特有的濃烈感情氛圍，因為個人實在很喜歡這一幕，所以特地以這一幕為主題在番外寫了一個小插曲，但好像也是不小心就要擦槍走火了（擦汗）

亂七八糟說了這麼多，再次感謝大家購買這本書並閱讀到這裡，我常常覺得發表作品是公開作者一部分的靈魂，而讀者閱讀時，就是以這片刻的時間與我共行一段路，非常感謝願意花費時間與我共行的大家，無論這段旅程帶給大家的感覺是什麼，希望這一小段旅程對大家來說都是有所收穫的。

生生

高寶書版集團
gobooks.com.tw

FH044

斯堪地聯邦冒險手記 II 一祝祭之夜一

作　　者　本生燈
繪　　者　Rylee
編　　輯　薛怡冠
美術編輯　林鈞儀
排　　版　彭立瑋
企　　劃　方慧娟

發 行 人　朱凱蕾
出　　版　朧月書版股份有限公司
　　　　　Hazy Moon Publishing Co., Ltd
地　　址　臺北市內湖區洲子街88號3樓
網　　址　www.gobooks.com.tw
電　　話　(02) 27992788
電　　郵　readers@gobooks.com.tw（讀者服務部）
傳　　真　出版部　(02) 27990909　行銷部 (02) 27993088
郵政劃撥　19394552
戶　　名　朧月書版股份有限公司
發　　行　英屬維京群島商高寶國際有限公司台灣分公司
　　　　　Global Group Holdings, Ltd.
初版日期　2022年11月

國家圖書館出版品預行編目(CIP)資料

斯堪地聯邦冒險手記/本生燈著.-- 初版. -- 臺北市
：朧月書版股份有限公司出版：英屬維京群島高寶
國際有限公司臺灣分公司發行, 2022.11-
　面；　公分. --

ISBN 978-626-7201-06-0(第2冊：平裝)

863.57　　111014905